沉香红———著

你配得上更好的幸福

文匯出版社

图书在版编目（CIP）数据

你配得上更好的幸福 / 沉香红著 . -- 上海：文汇出版社，2017.11

ISBN 978-7-5496-2332-7

Ⅰ . ①你… Ⅱ . ①沉… Ⅲ . ①散文集－中国－当代 Ⅳ . ① I267

中国版本图书馆 CIP 数据核字（2017）第 233359 号

你配得上更好的幸福

出　版　人 / 桂国强
作　　　者 / 沉香红
责任编辑 / 乐渭琦
封面装帧 / 姚姚设计工作室

出版发行 / 文匯出版社
　　　　　　上海市威海路 755 号
　　　　　　（邮政编码 200041）
经　　　销 / 全国新华书店
印刷装订 / 三河市京兰印务有限公司
版　　　次 / 2017 年 11 月第 1 版
印　　　次 / 2019 年 1 月第 2 次印刷
开　　　本 / 889×1194　1/32
字　　　数 / 153 千字
印　　　张 / 7.5

ISBN 978-7-5496-2332-7
定　价：38.60 元

愿每个心有繁花的姑娘
都被命运善待，万水千山之
行终获幸福。

　　　　　贾平凹

序　言

2017 年初，我开始着手准备这本书。

历经半年阅读、行走、思考，终将这本书画上句号。那一刻我的思绪再次被拉扯回很久以前。

每本书，我都会给予它特定的使命，例如，第二本书，写的时候我依旧在过一地鸡毛的生活，孩子尚小，左手怀抱着他，右手却迅速飞舞在满天星空下。多数时候一个写作者初始在这条路上，是不被理解与认可的。大部分都是心中的光在照着前方，这种信念使我摒弃了外界的质疑与阻挠。

多了这份坚守，也因此逐渐清明。不久前去拜访贾平凹先生，与之交谈间，他为我的新书落下的那一句"愿每个心有繁花的姑娘，都被命运善待，万水千山之行，终获幸福"使我为之感动。平凹先生是我们陕西籍作者们心中的"神"，不仅膜拜，而且总渴望能在写作之中，得到他的点拨。

这一次相见，更是让我对写作充满信心。我希望能如他所祝愿的那样，做一个心有繁花的女子，不忘使命书写，带有良知思考，将生活的细节融入到文学创作当中，让文章能够攀爬至一定的思想高度，给予更多人启示与帮助。"强者自救，圣者渡人"，从自救开始，忠于渡人，这是我叩首大地，祈愿坚守的使命。

这敬畏之情，源于对文字的赤诚与痴念。用他人语言来讲，我是用生命在书写，而我想起电影《拆弹专家》里刘德华所饰演的角色里讲的那样：我很幸福，能够用生命去保护另一个生命。当一个人将爱好视为使命与责任时，这种爱便得以升华，且会永存内心，一生恪尽职守。

除却为梦想奋斗，让优秀与之匹配，大部分人都有一份非常平凡的渴望，就是走遍万水千山，终获幸福。

这是此次写作的中心话题，也是故事核心。书写此书时，走过广州、南京、成都、桂林、张家界等地，记录了喜咖啡馆相遇的青年的爱情，收获了古丈茶王女儿的幸福经历，也听过多数读者含泪所讲的细碎生活。大部分时，我都能理性记忆，偶尔也会为之落泪。

所幸的是，我终究能给予他人一些见解，也使得一些人能自渡过河。在漫长情感江海中，有波涛汹涌的，也有波澜不惊的，各色经历无非是在修炼我们宠辱不惊的处世态度，多数时候，也在历练我们的承载力。

一颗强大的心，可以静如止水去回首往事，也可使其风轻云淡成为历史，尘封与遗忘都不重要。重要的是，我们通过一段段的相逢、欢聚、离别、分手，使自己更清楚符合心灵的事物与感情。

没有什么能在一瞬间定格此生，面对梦想与事业要有大格局、大修为，面对情感亦如此。大部分平凡人会因一个盲目决定而改变一生走向，这走向有可能是喜剧，也有可能是一场悲剧。因此我曾书写，阅读不应有太多功利，也不应该赋予太多意义。就是让你的"身上长满眼睛"，学会用不同维度去看待生活，给予生命包容与仁爱。

凤凰是此次记录的最后一站，在此除了阅读、行走，也会耳听、目睹，去感受不同人对幸福的理解与认知，但是大部分时候我所认可的幸福，是人对生命最自然的感知，因一份对万物强烈的感知，而体悟到存在的乐趣与意义。

不辱使命地去做好分内之事，不枉此生地去为梦想拼搏一次，珍爱生命里为我们犯傻，或者因我们而痴的人。

在沱江边的阵阵爽朗笑声里，我饮茶落笔，仿佛看到了不久之后你也因此书而有所收获。而我将继续前行，为渡更多人获得幸福。

落笔凤凰

2017 年 5 月 25 日

目录
CONTENTS

第三章　梦想

第四章　书评

后　记 _225

第一章

爱情最好的样子

做一个"刚刚好"的女孩

与朋友谈起厦门之行，对方问我是否满意，我思索两秒，颇有感触地说：厦门是我 28 年来，第 19 次出行的城市，也算是最让我有恋爱感觉的城市。

说到恋爱，我马上会想到厦门鼓浪屿的海风、沙滩，还有岛上极具特色的欧式古老建筑，除此之外当然还有这里高出市区几倍价格的海鲜。

鼓浪屿的所有餐厅，几乎都在卖海鲜，就好像西安回民街家家户户都在卖羊肉泡馍一样，我迷恋这里温软的海风，当然我并不喜欢吃这里的天价海鲜。

然而，有的时候，我们想点一些符合口味的菜肴，却不得不对热情的老板推销的海鲜而妥协，尽管同行者一再表示海鲜过敏，老板依旧会觉得你应该尝尝。

美丽的海岛鼓浪屿就像一个我非常喜欢的姑娘，你因为爱她，就要为她的美貌买单。接受你接受不了的；包容你不想包容的。也似乎只有这样，你才配得上说爱她。

可为什么就不能做一个刚刚好的女孩呢？

前段时间网上疯传左先生与右先生的文章，对此标题存有想法，便始终不曾打开内容阅读，当然我总觉得如今的女孩，特别是稍微能文善墨一点的，都在努力寻求那份刚刚好的爱情。

与友人聊起业界一位非常优秀的才女，貌如林徽因，才如张爱玲，但她每段爱情维持时间不超过三个月，有一位朋友曾好奇向她的前男友打听他们分手原因，对方说姑娘很善良，就是太拜金了。

有的人说，有钱的人根本不怕女人花自己的钱，他若喜欢一个姑娘肯定愿意为她买单，但如果过度奢靡，这会让他感觉，自己爱的是鼓浪屿的自然风光，而鼓浪屿爱的却只是自己的人民币。

有些店家老板很热情，但大部分人的热情是希望被照顾生意，为此普通用餐者两个菜可以搞定，他们一定努力推荐四道。

相比厦门，我更喜欢丽江的深情，与每个餐馆老板可以谈心、交流，他们不会多推荐一道菜，也不会因为你的消费少，而冷言冷语。

大概如此，我总觉得自己会爱上一个像丽江一样的姑娘，优秀，有才情，但是对金钱，对生活懂得适可而止，不会每天挖空心思只想赚钱，忘了自己本身生命的责任与意义。

有的女孩很漂亮，身材很好，甚至居家，恋爱的时候也很舒服，忽然发现她特别喜欢作。约会迟到闹，忘记生日闹，说话不爱听闹，你多与异性说一句话也要大吵大闹半天，有时候我们并不舍得分手，但仅仅因为她与那个刚刚好差了一点点距离，因此男生不得不感慨着摇头说，我们不合适。

有的时候我会问自己，与心爱的人合适有那么难吗？无非就是因为你爱他，多改改身上那些懒惰、自私自利、计较、狭隘，特别拜金的坏习惯，做一个刚刚好的女孩。因你的改变，或许会遇到那个刚刚好的男孩吧。

　　每天都在对别人提出左先生与右先生，却忘了让自己努力达到刚刚好，如果这样，即便左先生与右先生从你身边擦肩而过，而你因为不是那个刚刚好的女孩，也会错过一段原本属于你的爱情。

千万别信嫁给谁都一样

小女人凯莉离婚了，这对于她的父母来说如同晴天霹雳，或者五雷轰顶，原因是她在做此决定之前，并没有告知父母。

凯莉的父母平时忙于生计，很少过问她的生活，她偶尔对父母提一下自己的婚姻，都被父母的各种道理挤兑了回去。

后来再与父母见面，她索性就不提自己的家庭、自己的生活了。

直到母亲来凯莉家里暂住，无意间发现了她的离婚证以后，开始惊慌失措地追问女儿，到底发生了什么事。

能有什么事呢？结婚与离婚有的时候并没有太多理由。就是很爱很爱想过一辈子，所以结婚了。就是再也找不到共同的话题，睡在一起是一种折磨，所以离了。

生活本身很简单，抛去那些条条框框，人可以活得很自由。可显然我们吃五谷杂粮，身上免不了有世俗的东西。

凯莉父母很要强，在亲戚、朋友那里都是很优秀的成功人士，而凯莉离婚，无疑是在给他们脸上抹黑，让那一对在小县城待久的人，很没面子。

父亲的反应过激，直接打电话过来对凯莉说，以后你就不再是我的女儿，我丢不起这个人！

母亲一开始也很强势，噼里啪啦骂了半天，看凯莉眼泪像断了线的珠子，便决定不再骂了。

母亲开始地毯式扫荡家里的一针一线，说是别给那个男人留下一点"好处"。凯莉说，房子都给对方了，还在意这些小东西吗？她不想再与家人争执，带着孩子，拿着行李出门散心了。

这四年时间，凯莉觉得自己身心俱疲，一个人将嗷嗷待哺的孩子照顾大，无数个被孩子哭醒的夜晚，无数个孩子入睡后用电脑兼职的夜晚，每当她回忆恋爱时候的幸福、婚后的苍凉就泪流满面。有的时候，人是会变的，她觉得比剧本还夸张的是人生。

在凤凰古城的小旅馆，凯莉听着醉人心田的音乐，孩子在房间一个人看动画片，她接到了在这里做生意的朋友打来的电话。

秀就是在这一次饭局中认识的一位女强人。多年来事业风生水起，整个人春光满面。从外表看，典型的富太太。

但是正当凯莉羡慕秀的幸福时，好友跟她说了秀之前的婚姻，凯莉像听历险电影一样听完了秀的故事，难过得泣不成声。她是不会想到这个外表阳光、开朗的女人，曾经承受过那样的经历，也不会想到她在决意离婚的时候，背着债，带着两个女儿……

凯莉的眼里，秀是幸福的。因为遇到现任丈夫，一个心地善良的南方男人，不仅在秀生下第三个孩子后，帮着秀带孩子、洗尿布、冲奶粉、做饭，而且还自己做生意。

凯莉的手机里收到一条母亲发来的信息，孩子，复婚吧，就当为了孩子。人这一辈子嫁给谁其实都一样……

　　看母亲这条信息的时候，秀正津津有味地讲自己现在的婚姻生活。于是凯莉问了秀一句，你觉得嫁给谁都一样吗？

　　秀笑了，这笑声如春风拂面，这笑声能让人想到十里桃花，然后她又说，傻呀，能一样吗？天上地下的。有时候遇错了人，你总觉得自己是不是问题很大，但是遇到了对的人，你才发现，原来生活可以如此窗明几净。

　　这是一个恋爱、婚姻自主的时代，可悲的是，还有许多人都不敢擅自为幸福做主，为婚姻做选择。因为我们的父母总是在以爱的名义劝我们凑合，劝我们跟谁过都一样。

　　可是真的一样吗？那个人喜欢逛街、购物，喜欢每天不着家在外面玩，而你喜欢宅在家里看书、听音乐，你们在一起只有孤单。那个人喜欢旅行，你却从不愿意出门；那个人喜欢看报，你却从不看书；那个人喜欢听情话，你却从不会说；那个人喜欢贤妻良母、居家小女人，你却打拼事业，每天忙得晕头转向。能一样吗？

　　经历过一场婚姻的凯莉明白，婚姻是一样的命题，但是因为经营人不同，结果就会不同。最重要的是，一定要遇到一个心地善良的人，能够与你说到一起，性格合得来，这样普通人就可以过得很幸福。而要心灵契合，就要志同道合，不仅都有理想，而且都有能力。

　　婚姻不该是谁养着谁，久了养你的人会累，也会觉得不平等。高层次、高质量的婚姻必须是经济与精神上的高度匹配，只有这样，才能得到真正的幸福。

这个世界上，不是所有人都懂得感恩

是一个人让我知道了，这个世界上，有的人总以为你做什么事情都是应该的。后来，我在与这个人相处中发现，我很难打动他，也很难与之成为朋友。无论你对其付出多少，在他心里，你所做的一切都是应该的。

后来有机会接触他的家里人，我才发现，问题的根源不在他，而在于教育。在他的家庭里，有纯朴、自立、清高，还有应该。

这是一个非常贫穷的家庭，父亲是木匠，母亲在农村帮别人干一些农活。有一天，这个吃苦耐劳的儿子帮他们带回城市里一个漂亮、乖巧的媳妇。

媳妇看到了丈夫的家庭非常贫寒，没有要一分彩礼，义无反顾地嫁给了他。甚至后来，媳妇的娘家给男孩家里添钱在城里买房子、装修。

有一天，风尘仆仆骑电动车上班的媳妇发现自己的电动车坏了，于是她想找人上门来修，可是省吃俭用的丈夫却看不惯，他推着媳妇的电动车下楼找了一个地摊花了不到10元搞定了。回到家他就开始指责媳妇不会过日子。

倘若这个家只有他们两个人，他指责，媳妇也就不会抱怨了。

可他却在母亲的面前指责媳妇，你连一个电动车都修不了，我娶你干啥？

媳妇从小是坐着奔驰车长大的，自从嫁给他以后，很少再出门打出租车。其他女同事都开着老公买的轿车，而她春夏秋冬都是那辆电动车。

那些年，她以为一个富家女下嫁给一个穷孩子，男孩一定会倍加珍惜自己，最起码知道感激，知道自己因为爱，而不顾一切。

可是她发现，生活不是小说，不是电影，生活是活生生的现实，有时候甚至有些惨烈。她的丈夫从来没有觉得她是下嫁，也没有觉得他有什么地方需要感激。尽管生了孩子，自己的父母一直都在给孩子买奶粉、纸尿裤，可男人与其家里人并没有说过一句感谢。

修电动车成了他们这一次争吵的导火索，媳妇非常生气地反问：当初我父亲给你装修房子、买家具的时候，你怎么不问娶我回家做什么？我父亲、母亲给孩子买衣服、纸尿裤，你怎么不问我能做什么？我一边照顾孩子，一边还把单位发来的补助金用来给家里买油烟机、餐桌，你怎么不问要我能做什么？

此时在客厅里的婆婆很气愤，她并没有息事宁人，而是扑进房间开始指责自己的媳妇：那是因为你们家条件好，你们家应该的！

媳妇从小生活在书香门第，很少遇到一个蛮横、不讲理的粗人。但是她的婚姻让她明白，并不是所有的人都懂得感激。有的人你付出再多，他们都认为理所应当。

多年来，她一个人带孩子再辛苦，都没有听到丈夫说一句，你辛苦了，我帮你照顾一会儿。

常年在外工作的他，回到家里，不是指责媳妇冰箱清理不干净，油烟机擦得不够彻底，就是抱怨家里的地板太脏，孩子搞得太乱……

他一个月回家两天，第一天带着自己的洁癖情绪，一边打扫卫生，一边指责媳妇。第二天坐在客厅看着电视，也不会帮媳妇去抱一会儿孩子。

在他的眼里，女人照顾孩子天经地义，男人只赚钱就好。她越来越累，越累越失望。

慢慢地，她觉得自己不再是父母眼里的小女孩，而成了一个需要养活孩子，又要照顾家庭的女汉子。在这段婚姻里，她一直努力隐忍，她不再认为婚姻里最重要的是对方的相貌、对方的学历，而是一个人的思想。

一个人，无论他长得多帅，他多么有文化，但是他从小的家庭教育就像土壤，深深扎根的思想将影响他一生。

许多年后，他做了公司的一个小领导，之后变本加厉。那个时候至少他回家愿意干活，而现在，他每天摆着一副领导架子，回到家里每次接同事电话，对上级领导低头哈腰、微笑，对下面员工批评、指责、抱怨，这一切都让她觉得失望。

有的人受苦受难，学到的是欺软怕硬；有的人省吃俭用，学到的是一毛不拔。有的人，一辈子清高、假正经，从不服人……

一个真诚、善良的人，一生会有许多朋友，也会有贵人相助。

她的父亲就是这样的人，虽然父亲也从小生长在农村，18 岁之后她的爷爷就去世，父亲外出打工养活一家老小。

可父亲很勤快，他通过自己的努力，学会了承揽工程，之后借钱开始包活。几年后，他就慢慢富裕起来，他对身边的人都非常热情、大方，在亲戚朋友眼里，是出了名的好人。

而母亲是一名小学老师，从小会告诉她一定要懂得知恩图报，滴水之恩，要涌泉相报。

父亲也常常对她说，人这一辈子，千万别总想着欠别人的人情，而是要多对别人付出……

她感激家庭教育，让她有了正确的三观，可是她却对自己的婚姻感到失望，因为她发现不管你多么爱一个人，如果他是一块焐不热的石头，那么一生你会非常痛苦。

这是一个读者跟我讲的故事。有一次出差我路过她的城市，与她一起喝茶，并顺便约出她的丈夫交流。在言语间，我发现他一直在怪罪自己的妻子选择了茶楼这个消费高的地方。在他看来，两个人谈话，完全可以去公园或者家里。

我试图与她的丈夫交流，发现从表面看，他是一个好男人，省吃俭用，无其他恶习，可是他没有什么朋友，他甚至带家里人出去吃饭，都要等其他同事付钱的时候才带。

我问读者，他薪水很低吗？她说，还好吧，一个月七八千。那他的钱呢？她低头说，不知道，他总说攒着，怕父母生病……

其实他不只是一个不懂得感恩的人，他也是一个没有生活情趣的人。在他眼里，生活就是凑合二字可以解决的问题，完全不需要享受。

看着读者的困惑，我也非常难过。我能怎么样呢？她已经是一个五岁孩子的母亲，我唯一能做的，就是希望后来人，更多地在婚姻之前，懂得慎重。

因为，这个世界上，真的并不是所有人都懂得感恩，也并不是所有人都适合与你结婚。

为了你，我愿意变得更好

秦岚原本很知性，是个骨感美女。可自打上次与文超分手后，她就开始暴饮暴食，特别是喜欢上了肯德基。

她暴饮暴食，不是因为分手痛苦，而是她听别人说多吃激素，可以丰胸。

文超与秦岚在一起的时候，说自己喜欢骨感美女，过去恋爱的都胸大无脑与他无法交流。可是与秦岚睡了几次后，他就发现之前的信誓旦旦，是在抽自己的耳光。他哪里有那么多墨水与秦岚聊，他的才华配那些从不读书写字的女人还行，但是到了秦岚这里，就净是笑话。

后来他干脆不说了，毕竟他知道自己是土鳖装文青，越装越不像。

因为没有话题交流，他还是提出了分手，而且理由荒唐得自己都不敢信。

那晚他最后一次碰了秦岚，过足了瘾之后说了一些堂而皇之的理由，又理所应当补充一句，我以为能接受你的平胸，实质上……

秦岚有傲骨，她不允许对方这么说自己，于是没等他撒完谎，她就说，行了，别说了，我们分手吧……

秦岚不知道文超之所以这样说，只是在为自己找借口。

分手后，秦岚约了尚可可一起喝茶，尚可可一边听秦岚说，一边训斥，文超有什么好，你都没嫌，他倒嫌弃你胸小……

秦岚怕茶社其他人听到，推了推尚可可说：小点声，多丢人呀。

再见到秦岚就是三个月后了，增肥30斤，脸像个肉球，胸部脂肪是多了一些，但并不是她之前想的那样从D升级为G。她有些后悔了，可是她还没有来得及醒悟，脸上就开始长痘痘。

尚可可戏弄她，你这是青春的枝芽在开花呀。

秦岚自与文超分手后，也不太打扮自己，也不喜欢社交，甚至不爱出门了。

即便她并不希望自己成为胖子，可似乎人过了100斤以后，就成了潜力股，只涨不跌。

爱情会毁了一个女人，也可以为一个女人还魂。

中了毒的秦岚让人很是着急。于是尚可可主动出击，开始帮秦岚介绍对象。

秦岚的专职是设计婚纱，为国内大部分明星艺人都设计过婚纱，可除此之外，她还有一个业余爱好就是写剧本。

她这辈子最大的梦想是写一个剧本让自己的偶像乔任梁来演绎。

那个时候，乔还在参加一些综艺节目。秦岚每天除了画纸上的婚纱图，就是看乔的节目，一边看一边为自己打气，希望编剧梦早日实现。

一天，她刚从某明星经纪人办公室离开，无意间遇见了王志新。

那时他们只是作为路人交换名片，之后忘了联系。

直到偶然的一次，她把一个正在写的剧本梗概发在朋友圈，忘记点私藏，被王志新看到产生兴趣，两人才开始交流。

秦岚早闻商业大亨王志新大名，但并不期待能与之有所交集，毕竟他身边除了钱与美女，好像也没有什么了。

王志新说，公司最近准备推出新产品，希望秦岚帮忙写剧本，费用好说。秦岚没有提费用，而是提了一个条件，能不能让乔来担任自己剧本的主角，如果那样，她愿意当牛做马一辈子为电影做贡献……

王志新的身边每天都是与他谈钱的人，第一次遇到一个乔的脑残粉，他觉得很有意思，而且是那么有名气的设计师。

他留了秦岚的联系方式让司机开车去接她，想一起在公司聊聊剧本的定向。

那是秦岚第一次近距离目视王志新，他儒雅，诚恳，有亲和力。

秦岚看到他正面的第一眼，心跳就不匀称了，接着她思绪有些混乱，于是她迅速从背包拿出朋友送的茶杯，开始喝茶、聊天。眼神不敢对视。

为了拿出一个完美的剧本，秦岚推掉了几个费用很高的婚纱设计活，安心创作。

一个早上她醒来，按照惯例打开电视想听新闻，却无意看到乔自杀的消息，瞬间晴天霹雳，她手里的水杯一下子落地，水不算烫，却让她很不舒服。特别是清脆的玻璃杯破碎的瞬间，玻璃碴蹦在她的脚面，瞬间她的脚就血流成河。

她第一个想到了给王志新打电话，一边打，一边哭，她说，乔走了，他还没有拍我的剧，我的梦还没有实现，他就走了，他怎么可以这样……

王志新是生意人，从不愿意掺和娱乐圈的事，可是秦岚的眼泪却让当了这么多年老大的王志新心疼。

他丢下司机，一路狂飙到秦岚住所，接着按她发给自己的门牌号，找了进去。

他以为秦岚开门的一瞬间，一定会扑倒在自己怀里，因为追他的女人，惯用这些伎俩。

可是秦岚蜷缩在一个小屋子的地上，屋子灯光微弱，王志新抬头看到满墙壁是乔任梁的海报。

王志新递给秦岚一张纸巾，秦岚一边哭一边喃喃自语。他那么阳光，怎么会得抑郁症，几年前，我孤身一人来到北京，没有钱租房子，就住在地下室，而且还是借别人的暂住。

后来妈妈给了我一些钱，让我好好找工作，我却被骗进了传销组织，妈妈给我的钱，全部被那些王八蛋卷走，我出来以后站在天桥上，很想跳下去，我在服装学院那么多年的努力，却到北京找不到一份工作……

乔任梁那个时候在参加《好男儿》歌唱比赛。在我万念俱灰的时候，那个傻傻的天真的男孩出现在电视屏幕，他说，一次失败并不可怕，可怕的是自己都放弃自己……

王志新懂了，明星除了制造新闻、炒作，原来也能救人。可是乔任梁已经走了，这是事实，逝者安息，生者坚强。王志新这样想着，并没有表现得过分难过。

他主动过去抱住秦岚说，傻瓜别哭，就算乔不在，剧本改编，也要为你圆梦。现在听我的起来，我带你去包扎脚面。

秦岚把头发夹在耳朵后，低头才发现脚面已经咕咚咕咚地冒着血，所幸受伤面积不大。

可王志新还是英雄救美，他固执地抱着秦岚进了电梯，之后上了他的路虎。

秦岚伤好以后，整个人陷入抑郁，剧本她也不想写，婚纱活也不接。王志新的电话，她甚至也不接。

尚可可平时喜欢关注秦岚的朋友圈，可最近她除了发有关乔的东西，其他一概不发。

那天尚可可在米其林吃饭，无意间刷了一条朋友圈，看到秦岚发了一些告别、等我的话，觉得非常古怪，于是她这一次没有再敲门，而是拿着自己的备用钥匙直接进去。

尚可可战战兢兢接通喊了一句，秦岚自杀了，快来救人。

王志新来得很及时，而且来的时候同时叫来了120，所以秦岚才捡回来一条命。

可是秦岚没有感谢王志新，因为她睁开眼睛的一瞬间就看到一个暴跳如雷的老虎在训斥自己。

她头痛欲裂，却听不见对方在指手画脚骂什么，但是她记忆越来越清晰，知道自己惹他人担心了。

王志新甩下一束鲜花就走了。秦岚没有问他去哪里，毕竟她没有心思再知道这些……

一个星期后，秦岚出院了，王志新开车来接她，后面跟了两辆车。

秦岚问他，带我去哪里？

王志新说，从现在起 24 小时都有我在，我会带你看尽世界的风景，让你知道，你差点儿错过什么。所以王志新安排了房车跟着他们，又带上了私人医生，怕秦岚再犯傻事！

他们第一站去的是云南的大理，风景优美，民风淳朴。晚上当地寨子的人过来邀请秦岚唱歌跳舞，一群人围着篝火，手拉着手。

后来他们又去了洱海，玉龙雪山，看了丽江千古情。

秦岚开口问王志新的第一句话是，这几天你去哪里了？

王志新说，与之前的女朋友们全部分手，再处理好公司事务，怕被打扰。

秦岚苍白的脸上挤出一丝笑容，她第一次觉得商人也不奸。

王志新不喜欢秦岚说自己是商人，可秦岚说，这个世界上凡是用利益得失衡量人情冷暖的，都是商人。

王志新无话可说，无奈地点点头，好吧，这样看来，我的确是一个商人。

游完云南，王志新问秦岚，还想自杀吗？

秦岚笑而不语。

王志新说，接下来想去哪里？

秦岚说，我最想去的地方是爱琴海，而且要穿着我设计的婚纱去。

王志新眉头一皱，你这是暗示我向你求婚吗？

秦岚捂着嘴巴笑，笑得非常深情地望着王志新说：我喜欢上一个人，但是我想等他一无所有再向他表白，那个时候即便他拒绝我，至少他知道我的真心。王志新右手紧紧握着秦岚的手三秒，接着一个戒指到了秦岚的手上。她欣喜若狂：你是怎么做到的，我毫无感觉？

王志新继续安心开车，一边开，一边说，多年前，他想向一个人求婚，有人给他设计了这个桥段，于是他努力学了很久。可那个时候他出车祸，醒来的时候，那个女孩已经出国了。

秦岚看到的戒指并非是钻戒，而是刚才还戴在王志新无名指上的那个金戒指。

秦岚问，你知道无名指戴戒指什么意思吗？

王志新笑了一下说，这还能不知道，表示已婚呀。

秦岚说，那你结婚了吗？

王志新停下车，让秦岚跟着自己走下来，他们来到了拉市海边。

王志新拉着秦岚的手说，这么多年在商海混，从一无所有，到现在看起来光鲜亮丽，总有一些人是想嫁给我的。为了不伤那份心，对外我都说自己结婚了，有太太。

　　而且我经常对外说的那些所谓的女朋友，也都是一些老总的二奶，他们把钱以合作的名义转给我，由我转给那些女人……

　　秦岚站在海边，听着海潮一浪一浪地拍打着，竟然无言以对。

　　他们此后没有再提起乔任梁的事，秦岚与王志新决定结婚。

　　婚礼那天，秦岚问王志新，以后你还会爱上别人吗？

　　王志新拉着秦岚的手，心疼地亲吻着说，傻瓜，我早已看尽了世间美景，现如今只想你这一枝独秀，来配我的胸襟。

在爱情里，比才华更重要的是教养

　　过去总以为只有足够优秀的人，才可以匹配世间最好的爱情，因此吴玮前半生的时间几乎都在提升自己，真可谓琴棋书画样样精通，在周围人看来，她不仅成了事业上的女强人，也是无人不知的大才女。

　　但是这样优秀的姑娘，每次恋爱不到半年，就无疾而终。朋友不懂为什么，她看起来也非常让人赏心悦目，为什么每次都以失败收场呢？

　　有一次她又开始恋爱，闺密就主动做了吴玮姑娘的军师，结果闺密雪儿发现吴玮特别高冷，而且还是一个有矫情病的人。

　　之前读过一本书叫《会撒娇的女人最好命》，起初我也不以为然，但是读完整本书，我才发现，有的时候原本可以用撒娇解决的问题，我们却用情绪去解决了；有的时候，用教养处理的问题，我们却用脾气处理了。如果对方是一个不够优秀的人，可能这种看起来表面化的大小姐脾气也能忍受，恰恰对方是有一定学识修养的人，又很看重女孩的家教与礼节，这下，再会赚钱，再懂琴棋书画，在爱情面前也会一文不值。

　　因为表面看爱情是一场赢在外貌与才华的游戏，实际上，要把这个游戏玩好，凭借的是一个人的大智慧，好教养，与对方谈话时候的态度，以及遇到问题时处理的方式……

吴玮爱吃醋，又喜欢乱猜疑，有的时候男友正在外面应酬，她就会展开夺命连环 call，直到男友回到家里，肯乖乖给自己打电话为止，久而久之一场幸福的恋爱，像背负了千斤巨石的行走，沉重而失去意义。

闺密发现吴玮的问题后，及时将她约在咖啡馆面谈，如何从一个优秀的人，成为一个会恋爱的人，首先我们要知道恋爱需要什么样子？

只是会赚钱，有才华吗？恋爱是相处学，只有能够很好相处，恋爱的质量才能提升。许多人在恋爱过程中忽略了恋爱本身需要的样子，有的时候满足虚荣心，有的时候满足坏情绪，有的时候满足成就感，虚荣心的人喜欢晒物质、晒幸福，坏情绪的人喜欢掌控对方的一举一动，满足自己成就感的人，可能只喜欢被追捧与宠爱，而大家恰好放弃了去询问爱情本身的需要？

互相理解、支持、倾听、鼓励，给彼此空间、信任，欣赏对方身上的闪光点，陪着对方分担困难与失败，帮助另一半渡过难关，如果现在要问爱情需要的样子，我觉得应该是这些吧。

只有真正理解了爱情的需要，才能在恋爱的时候投其所好，收起坏情绪、猜忌心，改变坏脾气，从一个表面完美的人，修炼成真正有舒适度的人。

生活中有许多女生，面对亲人、同事、朋友都能做到很好，单单是在爱情面前，就不知道如何去生活了。

　　有的时候我们发现，谈恋爱，不一定需要花言巧语，更多的是能志趣相投，互相迁就，不一定需要糖衣炮弹，更多的是需要灵魂伴侣，相互牵挂，不一定是嘴上的九死一生，有可能是心里的无怨无悔……

　　爱一个人，就大大方方去爱吧，爱的同时也要学会自省与修炼，把自己身上平时看不到的自私、狭隘、无理取闹、放任自流都当作恋爱的杀伤武器，及时处理，让自己真正内外兼修起来，这样的优秀，才能拥有长久的幸福。

　　许多年后，吴玮已经成了一个情感畅销书作家，她喜欢用自己多年总结的经验告诉身边那些曾经与自己一样困顿的朋友，她说在爱情里，及时发现问题，并改正，才能为爱情锦上添花，这样的爱，才能说优秀。

珍惜曾为你犯傻的女人

　　大部分女人都不傻，但自从有了爱情，就变得不再聪明。原本大度，宽容，活泼开朗，忽然因为有了一份爱情，变得多愁善感，患得患失，甚至多了猜忌。

　　男人都喜欢说，爱情的根基是信任，可爱得够深，不是不信任对方，只是太爱对方，爱到觉得他就是我们焐在手心的冰，怕融化，怕化为水流去其他地方。

　　我听到过不同傻女人的故事。最早的是一个女孩攒了三万元，说要给妈妈看病，不舍得花，想过年的时候拿回去给妈妈。可男朋友在外地打来电话说需要钱，救急，于是为了不让他有事，女孩毫无保留地将三万全部打给了男孩，但从此以后，男孩手机从关机到空号，永远从她的世界消失了。

　　女孩讲给我听的时候，我说得最多的是：你怎么那么傻，男人跟你要钱，你就给呀，你钱那么多，为什么不捐了呢？可后来自己恋爱了，开始理解为什么女人会犯傻。

　　你以为她不知道你花心吗？你以为她不知道你不务正业，每天与那些混混在一起骗吃骗喝吗？你以为她不知道你拿她的钱去给别的女人花吗？你以为她不知道你对她并不是那么上心吗？她只是因为爱你，所以甘愿变傻。

大部分女人天生是善良的，心存感激，渴望爱情。一旦遇到对的那个人，便选择掏心掏肺去爱，去付出。可是很少有男人会珍惜、喜欢付出的女人。

许多好女人因为遇错了人，最后爱情观都变了，变得只愿意索取、得到、哄骗、装高贵、难伺候，因为她们觉得只有让自己看起来很难相处，男人才会觉得有征服欲，才能满足他们的涉猎心理。

所以其实好女人往往都从傻子变成了"聪明"人，但是她们却在这变化过程中失去了最真诚的心，也因此换不来最纯洁的情感。有时候，我们不应该把时代想太坏，把人心想太假。其实，只要我们稍微愿意给感情一点点信任，一点点真诚，或许这个大环境就会纯净许多。

是的，你或许到最后不知道是人坏了，还是环境坏了。但无论你觉得是哪一个坏了，都别以为世界上就真的没有真爱了。好女人多得是，她们只要遇到了全心全意的人，一定会拿出最真挚的情感来，因为她们对人性还是抱有期许与希望的。

恋爱中，如何化险为夷？

恋爱的初级阶段，人们几乎不吵架，为什么呢？因为大家都喜欢聊轻松、愉快、不容易产生矛盾冲突的话题，因此大家总觉得能聊到一起。

可是生活有无数个矛盾点，每个人都有自己的情绪雷区，对方因为与自己相处过少，难免会不了解一个人的情绪语言所传递的信息。

比如，平时打电话，他会很亲切，忽然今天打的时候，他很不耐烦，女孩的第一反应可能会是，他是不是变心了？

但实际上，他只是心情不好，工作、生活中遇到了一些棘手的问题，作为恋爱的另一方，可以适当地去问候，如果对方并不想打开话匣子与你分享，应尽可能换话题，让他开心一点，如果他依旧聊天欲望不大，你就借口自己有工作挂掉，给对方足够的情面，也让自己有台阶下。

恋爱是非常锻炼情商的一件事情，感情细腻的人，往往能观察到人心情的波动，粗心的人大部分只能感受到自己的情绪，看不到对方的变化。

所以有的人一开始很有感觉，但是谈着谈着就用"不合适"给这段感情下定义，之后就投身下一段恋情了。

如此不断，一直以为是没有遇到合适的人，其实从不反省自己的恋爱方式与态度是否足够成熟。

女孩生气了，但是言语不激烈，你以为只要她安静一会儿，一定会好起来，所以你挂了电话就开始工作，可是她可能会找闺密倾诉，也有可能是男闺密，也有可能是暗恋她的男孩。

有很多粗心男孩的女朋友，最后都是被另一个细心男孩挖走了。

男孩背后骂女孩无情、随便，可那个女孩爱上你的瞬间，跟你牵手后，喊你亲爱的那刻，她就很想一直跟你爱下去了，是你不够懂她，也不会化险为夷，因此你的感情输给了你的粗心，甚至说根源于你的不会爱。

恋人的爱，遇到了矛盾，一旦开始争吵的时候，最挑战一段感情，也最能检验是否是真爱。倘若男孩暴脾气的时候，女孩能够体贴一点，或者懂得适可而止，而不是纠缠不放，让他冷静一点，给他发一条温暖的信息，女孩受伤的时候，男孩写一个纸条，放她包里，等她消气，自然会想到你……

爱情是两颗柔软的心，紧紧靠在一起，恋爱也适合用最温柔的方式，去处理最危险的争吵。过去人们说，检验出真理，如此来看，检验同样出真爱，会恋爱的人，靠智慧用胸怀，为爱情永葆青春。

爱得太多，是一种伤害

春节前夕回了一次老家，嫂子送我一件纯棉加厚的绿色小碎花衬衫。那是我在网上寻了很久都没有找到的款式，无论出门，还是在家穿着都很舒服，衬衫到膝盖长，像开衩的裙子。

因为喜欢，我就习惯了每天穿，出门的时候穿在里面，外面套上羽绒服。回到家里，脱掉羽绒服，马上就会觉得在有暖气的房间穿着它就够了。

衣服三两天就要洗一次，晚上洗，白天干。天亮，换下睡衣就接着穿，真的是越穿感情越深。

今天中午发现，衣服扣口因为长期穿，被撕扯成了大洞，即便再扣起来，也会很容易敞开。

有闺密送我一双鞋子，是从美国带回来的休闲款皮鞋，我喜欢极了，因为身高的原因，一直喜欢稍微带跟的鞋，所以这双穿着舒服的粗跟鞋，满足了我的舒适度。

我本人不爱逛街，不爱打扮，属于那种极简单、休闲的类型。每次看到别人书中写精致的女人，便觉得与自己无缘。我习惯纯粹，素雅，不施粉黛。当然出席公开活动，偶尔也会涂抹一点粉底与口红，不是因为喜欢，只是尊重他人。

这双我至爱的鞋子，在我的脚上穿了三个月就提前下岗了。我心疼地打电话跟闺密诉苦说，鞋子被我穿烂了。

闺密说，早就料到了呀，像你这样天天穿，不坏才怪！你少穿几天，也让鞋老人家休息几天呀。

忽然觉得这就像我对爱情的态度。喜欢一个人就恨不得天天黏在一起，即便彼此都去工作了，也要抽空打电话、发微信，似乎觉得只有形影不离，只有及时发信息给彼此，才能体现这是真爱。

我这才意识到，不管是衣服、鞋子，还是我们深爱的恋人，对任何事物的热爱，不能超过事物本能承受、承载的底线，否则这样的爱，是另一种伤害。

爱情有时就像水中的鱼，它也需要自由自在地、欢畅地去沐浴阳光，呼吸氧气，而另一半也需要有他的社交、他的圈子；然而你却只希望他每日每夜地与你相守，久而久之，本有的新鲜感、激情过早地挥霍了个精光，因此衣服会烂，鞋子会断，爱情会崩塌……

你终于活成了一个多余的人

李楠提着行李箱走了，走的时候还带着一个三岁大的女儿。而她的丈夫，挥一挥衣袖，送走了她们。

这几年来，从一个娇生惯养的小女孩，到成为一个月收入过万的女强人，李楠所经历的生活，像一场噩梦，又像凤凰涅槃。

起初父母不同意她嫁给前夫，可是她不听劝阻，心甘情愿，一心与对方生活。可这种单方面的深爱与另一方的不温不火，让她心力交瘁。

生完孩子之后，丈夫借口工作需要，便调去了外地。按说一个月才能见到一面，应是小别胜新婚。可李楠的丈夫没那么好说话，不太会打扫卫生的李楠，在持家方面有所欠缺，每次丈夫回来，都要指着油烟机上未擦干净的油渍、冰箱里的水、地上的头发数落李楠半天。

李楠每天一个人带孩子，已经累得焦头烂额，她原本以为丈夫会满心欢喜地抱着女儿亲来亲去，再轻轻对她说一句，老婆你辛苦了。

不，她没有那么好命，在这个家里辛苦四年多，她听到最多的是，地不干净，家不整洁，饭不好吃，孩子带得不好……她从最初的期望他回家，到害怕他回来，她知道，她等待的不是一个帮手，而是一个回家要"指导工作"、等待被"伺候"的"领导"。

一天，她终于爆发了，与他大吵，你从来都不回来帮我，每次一回来就是各种数落，我那么累，你有感受过吗？她以为这样的哭腔与诉说会换来丈夫的心疼与安慰，可是她没有听到，反而是对方理直气壮回答，你以为我不辛苦吗？我每天在外面跑，我是为了谁？

李楠说，是的，你为了这个家，那么孩子的奶粉、尿不湿你花钱了吗？

丈夫面不改色说李楠，你跟孩子住的房子是谁月供的？家不是两个人的吗？为什么我月供了房子，还要我养孩子，如果什么费用都是我来掏的话，要你做什么呢？

李楠被自己的爱情狠狠扇了一巴掌，她以为自己爱上一个穷小子，换来的是对方的感恩、珍惜，但是她并不知道她得到的爱情是对方的理所应当以及还不太够。

既然这样，李楠明白要怎么样生活了。她开始一边带孩子，一边做微商，每天很辛苦，倒也很充实。最初做微商的时候，并不太赚钱，但是她没有灰心，孩子入睡以后，她就开始向别人请教，怎么样做微商更受欢迎，也更能赚钱。

后来她发现，写公众号文学，如果在一篇文章后面，配一些商品信息，这样可能会吸引别人在看文章的同时，去买自己的商品。于是李楠重拾笔墨，开始创作。

她原本以为，自己这辈子就要在一地鸡毛里浑浑噩噩地度日了。很快，她发现自己的微店月收入超过1万元，而且因为她愿意花心思，又很聪明，公众号每个月的赞赏稿费已经够给孩子买奶粉了，这下越努力，越坚强的李楠慢慢不与丈夫有经济争执了，她选择了自己承担孩子的一切费用。

即便这样，每次丈夫回家依旧理所应当认为李楠要给他做饭、洗衣服，要把他在床上伺候好。

可一个每天忙着带孩子，却从不被丈夫体谅的女人，慢慢坚强了。她开始只愿意给儿子与自己做饭，她甚至不再愿意与那个精神与经济上都依靠不上的男人同居，于是他们慢慢地分床。

最初他还在心里庆幸，自己落得清闲，孩子再也不麻烦自己，经济上自己也宽裕了，于是他又贷款给自己买了一辆车。李楠什么都没有多说，两个人继续和平地相处。直到丈夫开始意识到李楠并不是在赌气，而是两个人的感情亮起了红灯。

这时他开始用离婚威胁李楠，对李楠说，如果你不跟我好好过，我们就离婚，孩子你也别想带走。

李楠在被丈夫一次次伤害后，已经觉醒，她也早已咨询过律师，在什么样的状态下，提出离婚，孩子会判给自己抚养。

大部分人说，会判给经济条件好的那一方。于是李楠就很努力让自己成为比丈夫薪水还高的女人，这样丈夫又拿离婚威胁她的时候，她再也不怕了。

她这一次没有再哭，没有怕以后再也见不到自己辛苦带大的孩子，她非常淡定地说，可以，孩子我带，房、车给你。

丈夫表情更加冷漠，房、车本身就是我赚的，肯定属于我，孩子也有我的一半。

李楠看清楚了自己曾经盲目爱上的人是一个什么样的本性，她没有争辩，安静说了一句，让法院去判吧，法院认为谁适合，谁带就可以了。

就这样，李楠得到了孩子的抚养权。她没有在他面前哭一次。搬走之前，她看到了坐在沙发上发呆的那个人，他满脸的痛苦、狰狞，他想要的一切都得到了，他所做的一切，也都最终回报给了他。

李楠想起那个人曾说，为什么我每次回到这个家就像空气？为什么呢？当李楠辛苦为那些跟自己学习微商的学生授课的时候，他在那里玩手机游戏，他不舍得多陪孩子玩一会儿，天冷的时候，从来不问孩子是否需要衣服，李楠是否需要逛街？李楠忙到饥肠辘辘的时候，他永远都坐在那里问，为什么还没有做好饭。他怎么会知道，他把自己变成了一个多余的人，多余到，再也没有人需要他……

有的爱只能祝他幸福

并非所有人，结婚后都能放下过去的爱。

那时李磊对正在恋爱的锦心说，如果有一天，你感觉不到他爱你，记得回来，我娶你。她信以为真，继续在这段情感里迷失，受伤，执迷不悟。

直到男友出国后，锦心才彻底死心，接着她花一年多时间疗伤。再回顾这些年的经历，却发现原来最疼她，爱她的是那个一直默默守护她的李磊。

有一天，锦心对李磊说，我回来了，我们在一起吧，再过几年，我们就可以结婚了。

可是李磊并没有遵守承诺，他说如果早一个月我还可以答应你，但是现在我答应了做一个女孩的男朋友，我不想辜负她，因为她给了我一生的珍贵。

李磊陪锦心在网上下围棋，聊天。

天亮的时候，她发现他拼了一句话——I love you。

锦心不会拆散他们，只是从此在他的世界消失了，删除了一切，祝他幸福。

两年后，李磊给锦心打了一个电话，说自己大学毕业了，在锦心家不远的地方工作，想一起吃饭。

锦心问李磊，你打算跟她结婚吗？

他说，可能会吧，你呢？

锦心说，我已经订婚了。之后，李磊说要去接女友下班。这之后他们又分开了。

婚后他们偶尔会打电话，但是李磊的太太非常生气，为此与他吵架。李磊开始用 QQ 与锦心交流。

有一次锦心的 QQ 丢了，想登录李磊的号码，找自己的信息，登录以后却发现，他的 QQ 只有一个人。她总是怕为难他，删除了自己的号码，换了手机，又消失了。

两年后，锦心有孩子了，李磊也有了孩子。她过得并不幸福，他想离婚娶她，她撒谎说你养不起我，我特别喜欢乱花钱，我拜金，我势利，现在的我，已经不是过去那个你喜欢的女孩了。

李磊继续安安稳稳在小县城生活，锦心偶尔回去会想起他，只是她从来不去打扰他的婚姻。

有一天，他给锦心打来一个电话，锦心很好奇，不是说，她不让你存我电话吗？你怎么还有呀？

李磊说，我没有在手机存，我存在记忆里了。

那个时候，锦心的孩子快四岁了，她也快离婚了。然而李磊却很幸福，她与李磊寒暄了一会儿，就挂了电话。

她与他认识的时候，才 9 岁，写信表白的时候 16 岁，恋爱的时候 17 岁，如今已经 28 岁……

她觉得很知足，没有一种爱情比做熟悉的陌生人，更能保鲜。

她存了他 5 个号码，但是从来不打。她每年都会打听他的生活状态，但是听说他很好，她就安心了。

在她看来，爱不一定是互相拥有，也可以祝他幸福。

爱情不一定是拥有才算完美

美好的事物与人一样，都很抢手。有的时候你会遇见寻觅许久的物件，但是，当你终于见到了它，它却已经挂在别人的脖子上，你会怎么样？

只能祝福他们……

安琪遇到了 W，一个让她怦然心动的人之后，改变了计划，谁说她终身不嫁，遇到了那么迷人的男人，为什么不嫁？

所以当他问，我们公司一个剧本大概付酬劳 5 万元的时候，安琪认真地盯着他，笑着说了一句，我不要钱。

他惊讶地笑了，接着他说，我是商人，我在跟你谈合作。

女人一旦动情，就容易让爱情处于不败之地，特别是一下子那股有情饮水饱的姿态流露出来。

可这是安琪的心里话呀，她又不喜欢 W 的钱，而是看上了他的人。

按说到了奔三的年龄，还相信一见钟情的女人，是危险的。可她就是这样固执，天真。

离开 W 的公司后，她多次给自己打"镇静剂"，希望自己保持冷静，尽可能不要被对方看穿，毕竟她并不知道对方是否也对她有好感。

后来他们共同参加了一次 W 公司年会，安琪更加坚定举着高脚杯左右逢源的他，就是多年来，她脑海里勾勒的那个叱咤风云的男人。

她一直说自己想找一个能呼风唤雨的人来爱，来心疼，可是她并不知道真正遇到的时候，那个能让她心动的男人，右手边已经站了一个陪他打拼天下的女人。

那晚开完年会之后她主动约 W 看电影，他先是答应，后来又委婉拒绝，安琪有些失落，可更多的是理解。

因为她大概懂了，他对自己并没有好感。可那个时候她还是不知道 W 已经有女朋友了。

有人曾开过一个玩笑，当你喜欢的东西，你还买不起的时候，只能证明，它不属于你……

安琪是一个离过婚的 90 后，她过去一直觉得自己不可能再爱上任何人，因为她不相信会有哪个能让她心动的人再出现。

可 W 让安琪对生活有了新的向往，那些天，安琪一边看着他的微信发呆，一边努力刷对方的朋友圈。

安琪多希望他能给自己多发一些对话，希望他能陪自己看一场电影。可她等来的都是失落……

或许她不该在这样尴尬的状态下，还如此痴情。

那一天，安琪又忍不住给 W 发了信息，对方在高铁上，要去往某座城市开会。安琪与 W 聊了两句便听到他说，自己有女朋友……

　　片刻间，她仿佛看到了那个气质、儒雅的男人身边，有一个亭亭玉立的女孩陪着，她漂亮、性感、温柔，让他迷恋……

　　想到这里，安琪的眼睛少了一些光，但转瞬就调整好自己。

　　安琪想，有的人，就像一件昂贵的物品，你买不起，证明它不属于你。

　　那么就努力祝福他吧，毕竟爱不是拥有才算完美，看着他幸福，安琪也很知足。

别贪恋手心向上的幸福

结婚前，她对老公说：我要婚后自己赚钱，自己工作。老公很疼她、宠她、爱她，怕她在残酷的职场遇到不顺、委屈、难过，摸着她的头说，亲爱的，有我在，你什么都不需要做，如果愿意就给我做饭、洗衣服，如果不愿意，就好好在家享受生活。

她听着一个男人对自己的爱，果断放弃了年薪 20 万元的外企高管工作，在家煮咖啡、听音乐、练瑜伽，做全职太太。每天等老公回家成了她唯一的工作。起初她觉得很幸福、很享受，可偶尔老公加班，她会觉得一个人特别空虚。于是，她便在小区认识了一些与她一样的阔太太，几个人晚上一起去酒吧，去美容院，去健身房，偶尔一起旅行，她几乎学会了所有享受生活的方式。

过了两年她怀孕了，老公为她请了保姆，她安心在家照顾孩子，等待老公，之前的那些朋友也开始渐渐疏远。每天她的工作就是跟孩子说话，看保姆工作。有一天，老公带自己出去应酬，她满脑子都是孩子，聚会一半就借口回家了。后来她再也不愿意混迹各种圈子，每天一心照顾孩子。

有一天，她老公愁眉苦脸回家，她问，怎么了？老公说，公司最近出了一些问题，有人挪用了钱，公司面临亏空。

她问，那个人呢？

老公说，他以为对方去国外度假，其实是带着公司的钱跑了。

就这样，年轻的丈夫欠了近100万元的债务，瞬间沦落为一个滴滴打车司机，每天早出晚归开始跑车来还每个月1万多元的利息。

保姆被辞退了，女人开始做饭，打扫卫生，照顾孩子。老公压力太大，回家几乎不与女人聊天。

女人想出去工作，可是孩子太小，她不敢轻易尝试。

就这样，他们忍痛割爱，将两个人花了近100万元置办的房子做了抵押，还清了债务，搬去了不远的城中村居住。

女人变得很坚强，一边带孩子，一边摆摊卖水果。她想，赚一点，算一点，总不能只伸手向别人要吧。

后来她发现身边很多人做微商，她开始改行做代购，由于她曾经认识很多朋友，别人也愿意帮她，她的微商，很快就月收入5000多元。

老公从刚开始目光毫无光泽，到对她刮目相看，并开始鼓励她。

坚持做了两年，丈夫又跟她一起首付了一套房子，很快他们有了自己的新家，这一次她对老公说，我们一起创业，我一边带孩子，一边想办法帮你，你继续努力，我做你的后盾。

两个人白手起家在家里开始学习做购物APP，因为这个投资很小，而且货源方便，再加上他们有机会在电视台投放广告，很快用女人名字命名的购物 APP 就火遍网络，他们也瞬间成了网络名人。

有人采访她，是谁给了你现在的成就？她说，是尊严。

一个女人一辈子只喜欢伸手向男人要钱，男人富裕的时候，给得起你想要的生活；如果他变得贫穷，你就成了他的包袱，很有可能被随时甩掉。

作为一个想把幸福寄托于男人的女人，既要想着如何享受幸福，更要懂得打理财务，因为有些男人会呼风唤雨，却不一定能精打细算。好的夫妻一定有人努力赚钱，有人懂得理财。

有一天，他没落了，还有你可以帮他一把，如果你只是一个会花钱的机器，等没钱了，你的生活就像一堵墙，轰然倒塌。

所以，成功的男人，不会喜欢只会花钱的女人，他们可能比谁都清楚真正需要什么样的人与自己患难与共。

女人再一次有机会做回阔太太，她选择了默默支持男人创业，自己小打小闹地经营另一个实体服装店。每年他们会抽时间一起旅行，结婚十多年，他们感情依旧如同初恋，谁也不懂他们保鲜的方法是什么，可是只有女人明白，手心向上的幸福不会长久，如果爱一个男人除了让他爱你的容貌，更要让他从内心需要你。

有时候我们以为只有女人很脆弱，需要关心，其实一个风雨兼程的男人，有时候更需要一个看似温柔，却聪明伶俐的女人陪伴、照顾。

只有被需要，才能被欣赏、被喜欢，只有付出着，才有资格得到爱，那些永远向别人要爱情、要礼物、要关心、要爱的女人，为什么总觉得不幸福？因为她们乞讨着爱，同时丢失了尊严。

不爱面前何必长情

　　小 A 是一个聪明、优秀的女孩。这些年为了发展事业，一直单身。前段时间小病一场，停止了工作，给自己放了小假。在家养病期间，闲来无事，小 A 认识了工作群里的一个同行。准确地说，是小 A 在朋友圈里发了一个不痛不痒的信息，被这位多情的屌丝看到，并开始了每天含情脉脉地温柔地关心。因为生病忽然情感变得脆弱了下来，小 A 被这个不帅、不富却很会疼人的男人动了心。

　　起初小 A 接受不了他在语言上的"糖衣炮弹"，她甚至试图逃避他的"进攻"。可渐渐地，她觉得生活中需要一个这样细心、温柔的男人，于是她尝试将心锁打开，让那个只见过两次面的陌生男人住进来。

　　小 A 慢慢地接受了这份爱，并让这个男生在自己家里留宿。可不久小 A 却发现这个男人渐渐变得有些冷淡，甚至不再愿意搭理她了。

　　小 A 顿时预感他似乎遇见了别人，准备抽身而出奔赴另一处风景。可这时的小 A 已经将久违的那颗孤单、无助的心信任地交给了对方。

过去小 A 半夜在线，他会问，傻瓜，我猜你在！她笑而不语。后来小 A 等不到他主动问候自己，于是小 A 开始问他，屌丝，我猜你在！可他却再也不回复她了……其实原本他们谁也不曾爱过，为什么要觉得自己受伤呢？可偏偏小 A 却说自己已经动心了。是因为那个男孩连续几个月不是来请她吃饭，看电影，就是陪她在网上聊天，她忽然从他身上看到了自己暗恋者的身影。

可终究该来的没有到来，要走的，也真的走了。小 A 不痛，但是也不舒服。每当夜幕降临的时候，那个会喊着"傻瓜"问候她的男生消失了，她有些落寞，有些难受。她想控制自己却还是忍不住联系了他。

实在难耐，小 A 过来咨询我该怎么办。我说，其实我们都不是傻瓜，谁喜欢你，谁不想见你，谁在敷衍你，我们瞬间便知。只是有时候我们不愿意把昨天还在关心问候你的人，想成今天已经冷酷无情的那个。所以有时候这种自欺欺人会遭更直白的厌烦，就是永远都是你在打电话，他可接，可不接，而你却并不是可打可不打。遇到这类事情，不要随心走了，随矜持，随尊严吧！爱情面前可以卑微，可是不爱面前何必长情？

小 A 说，对呀，过去看张爱玲的文章，我们知道，爱一个人可以很低很低，因为低到尘埃里还可以开出花来。

我说，那只是文学作品，真正的生活里，你如此不厌其烦爱一个对你爱理不理的人，你会越来越没有自信，越来越质疑自己，是不是傻了。你俩压根就不对等。你怎么会为这么一个什么都没有的人暗自伤神？你怎么会为了一个小小的臭水沟，放弃整片海洋呢？

许多人不是做不到不爱一个人，只是在他（她）受教育的阶段，所接受的暗示是对一个自己爱的人死磕到底，不管对方多么讨厌自己，你都会被自己的孟姜女情怀所打动。可等你进入下一站感情，你真的还会那么佩服、欣赏、喜欢自己吗？你甚至会问，当初的我为什么会那么傻，要在那么一个人面前有失身份？爱一个人，如果他爱你，你可以举案齐眉，如果他不爱，你何必变得卑微？你以为只要把风情万种都给他一人，他就会忽然对你一见钟情？可就算他真的回头，你确定那是因为爱吗？

有个女孩问我，为什么我追求的那个男孩答应了跟我在一起，甚至我们发生了关系后不久，他便有了别人？

我说，如果是你，你会不会很快变心？她说不会。我说，当然！女人是一个长廊，男人先从内心的通道进入灵魂。而男人的心是隧道，一个通往爱情，另一个通往身体。你有时不知道，你是被他带进了爱情的隧道，还是欲念的旋涡！

女人可能会为了金钱跟一个人发生关系，但不会轻易说爱谁。而一个男人说爱你的时候，你必须了解他爱的是你的身材，还是你整个人。

身体的爱是欲念，容易被另一份欲望所取代，而整体的爱才是赏心悦目，这样的爱有时很持久，持久到你们不容易就此了断，不容易随便分手。而有时候，一个男人可能接受不了女人的外貌、学历、身高、性格，或者家庭背景，却仅仅因为那一秒钟他想把她带入欲望隧道，因而答应了与她"相爱"。既然是这样的爱，女人自然最清楚是要付出多少的真心。当我们被欺骗多了，傻够了，该清醒的时候，我们要是还咬牙坚持，不然自己都看不起自己！

不要屈就着去恋爱

昨天我与一个朋友出去吃饭，她正处于热恋期，看起来幸福、甜蜜，笑容就像玉兰花一样纯洁、美丽。

吃饭间隙，她开始接听对方电话，我坐在旁边假装若无其事地玩手机，却在用心听她与对方的谈话。

虽说她很喜欢对方，却在交流的时候，一再说到做饭、洗衣问题。朋友说，我绝对不会每天去重复做饭洗衣的工作，小时候我就有一个钢琴梦，而且高中又开始喜欢上画画，我想要的生活是除了阅读、写作，更多时间会浪费给钢琴、画画。

除此之外的时间，我会给你按摩、捶背，绝不会每天做饭，打扫卫生。对方说，你不做饭，我们吃什么，总不可能我工作回来，还要自己做饭吧？

朋友自信地回答说，我自己找个保姆，也不用你付费，更多时间保姆来做，我偶尔过节的时候下厨……

看他们聊天，我便开始回忆曾经恋爱的自己。明明不喜欢做饭，为了讨好对方，却努力学习，明明不爱干净，却因为对方喜欢，而故意临时改变，明明不爱运动，却怕对方嫌弃，努力运动……

　　我忽然觉得所有不幸都是有导火索的，很有可能在一开始的时候，我们就在选择一个并不幸福的相处方式，那就是你以为爱一个人，可以屈就他一生，而事实上，委屈久了，你会觉得你之所以爱他，无非是希望他更多包容你。

　　所以婚后他会说，你变了，你婚前爱干净，爱运动，爱做饭，爱打扫卫生，婚后为什么就不做了呢?

　　因为你一开始就希望将精力奉献给梦想与事业，家庭主妇的职业，在你眼里是没有底气与自信的，最初你做，不是喜欢这件事，而是喜欢那个人，但是长期因为喜欢一个人，去做不喜欢的事，时间久了那个人也没有那么让你喜欢了。

向死而生，才配得上真正的幸福

书稿写作进入尾声，我决定出去走走。首选之地，当然是渴望已久的武汉。

来此之前我大致清楚要见谁，只是我并不知道这位要见面的女性朋友会成为我笔下又一个故事。

下了高铁，我按照恩师发来的地址朝楚河汉街附近赶去，从高铁站下车，直接坐地铁 4 号线可以抵达楚河汉街。这一天武汉的街头下着蒙蒙细雨，空气中透着丝丝凉风，我背着蓝色的背包，里面装了笔记本电脑和两本书。

到了住所，放下行李，我便约见这位神秘朋友。

她比我想象中瘦小，却更加知性，有气质。

我们约在楚河汉街一家名为"四季恋"的餐厅，她风尘仆仆赶来，也是被初春的雨水淋湿了衣裳。

整个武汉行程，都有她的陪同。

未曾谋面之前，我对她的预测是未婚大龄女青年，有一颗赤子之心，坚持追梦。可是了解一个人，一定要与她同床共枕、窃窃私语一番。我有过这样的几个朋友，如作家李菁、北大出版社杨编辑，还有生活中的几位闺密：楠、胡姐、悠然。我在家里排行老小，家有大两岁兄长一枚。曾经一直渴望有一个善良、温柔的姐姐。

记得去年，在北京拜访杨编辑，与前来看望的两位读者，加在一起四人，去了南锣鼓巷的胡同串子，把老北京的小吃吃了个底朝天。之后两位读者依依惜别，留下我与杨编辑挽着胳膊慢慢悠悠走向之前预订的酒店。

那夜杨艳宏编辑与我分享了她的成长故事，两个人聊天至深夜，几次都说要停下来，可是情太长，话太多，却担心明天太短。

武汉之行，我并没有想着她会留下来陪我，心想年轻美貌的妙龄女孩，一定会有自己丰富的生活。

与作家红娘子、读者胡娟、同门师兄张平在恩师知音名编陈清贫的安排下坐在一起吃了一个志同道合者的团圆饭。

饭后，恩师陈清贫回家准备为网校学生去授课，我与红娘子，还有这位女性朋友一起前往清吧继续聊天。

对于我们这类心有灵犀一点通的人，很多时候，你看不出来，只是一面之缘，也有聊不完的闺房话。

白天我们聊文学创作，聊写作的出路、发展。夜里在酒吧微弱的夜灯下，我们聊生活与感情。

有人曾说男人是洋葱，越剥泪越多。可是当你真的了解了女人，你会发现，似乎这句话形容女人更贴切。

白天每一个出入高档格子间，擦满粉黛的女人，为了生活而戴上了坚强的面具，你看到的都是她阳光灿烂的笑容与热情追梦的性格；可是在夜深人静、孤灯只影下，你能看到她脆弱的心打了几层石膏。

她说自己学历不高，梦想成为编辑，却多次因无相关工作经验而被拒之门外，甚至曾被某面试官冷讽："今天真是撞大运了。"她还不解地问："什么叫撞了大运？"对方高声说道："一个从未做过编辑的人来应聘编辑，不是撞了大运是什么？"说完，扔下她的简历，甩门而去。

人生最低谷、最绝望无助的时候，她曾多次徘徊在楼顶，想要一跃而下，可是内心未曾实现的梦想，让她心有不甘。

这让我想到了少年时期，一向有颜值、有成绩的高冷妹，因为写书信，通笔友，被班主任无情体罚。

我天生喜欢白色，因为白色纯净。可初一那年的寒冬，我的白色羽绒服上沾满了班主任的劣质皮鞋印。

一个 12 岁自视清高的少女，就这样一瞬之间颜面扫地，怎么有勇气继续去面对平日这些视我为女神的同学呢？我想到了自杀。

当所有的同学都从我旁边经过，向操场走去时，我亦步亦趋地爬向三楼。站在三楼的楼道，我想如果从这里跳下去，那位班主任会不会后悔？

我已经做好了结束一切的准备，可是那一秒钟，我脑海中闪现了一个念头：不！

我还有梦要去追，我不只是为了现在而活着，更多的我要为了以后而努力。我擦了擦泪水，悄悄地回家换了衣服。

人只有在万念俱灰时，才会想告别这个世界。有的人，死了一次，便涅槃重生；有的人，死了，就再也回不来了。

我们都属于从一种状态抽离，选择另一种模式的人。她选择重新应聘，后来相继被几家大型刊物录用，再后来，拥有了自己的出版公司。

我们彻夜长谈，我知道了这位身处异地的80后女人的艰难与不易。被喜欢的工作无数次拒绝，硬着头皮应聘，被自己所爱的男人背叛、欺骗，被伤得体无完肤。因为忙于事业，将孩子交给老人抚养，与孩子的关系始终难以亲密无间。

一个人要有多么强大的内心来支撑眼前所遭遇的一切坏事情。可是人与人的区别恰巧在此，有人遇到困难，选择退缩、逃避、轻生，有人则选择重生。

一个人可以有一万次想死的念头，但必须有一万零一次勇敢坚持的心，你的梦想才能向你招手。

我知道生活并不是我们白天所看到的那样窗明几净、光鲜亮丽，但是一定要让夜晚的月光照进你内心的窗户，为你照亮前程。

因此我相信，她最终一定会幸福，因为拥有重生能力的人，配得起真正的幸福。

生活里也有灰姑娘

几年前，恩师陈清贫邮寄他们编辑部一本非常火的书，原名《我的苦难，我的大学》，经过几次再版，更名为《谁的奋斗不带伤》给我。这是一本真实的人生传记，故事讲述主人公赵美萍的亲身经历。

赵美萍 13 岁那年，原本幸福的一家四口，因父亲出医疗事故突然离世而转变。母亲沙玉芳在嫁给父亲之前，曾有过一段不幸的婚姻。父亲离世以后，生性好赌的沙玉芳前夫杨启东，得知此消息后，再一次找到他们母女三人。

善良的母亲怕杨启东对孩子们报复，开始忍受杨启东无休止的威胁与毒打。

当他们再也无法忍受这种煎熬时，赵美萍与母亲和妹妹赵美华趁着杨启东出门赌钱时，连夜奔走他乡。

苦难将这母女三人一再分开，为了能够给女儿安稳生活，母亲从江苏改嫁到安徽，临走前却只带走了小女儿，把赵美萍留给了表姐的邻居收养，说是收养，其实是做别人家的"童养媳"。

幼小的赵美萍进了别人家里以后，承担起了一家七口人洗衣、做饭的家务，同时经常只能喝到稀饭里最清的那一勺，穿的也是他们家两个女儿穿剩的衣服。

对母亲的想念与生活的辛苦让美萍鼓足勇气给母亲写了一封信，并把自己在这个家庭所遭受的不公平待遇全部说了出来。母亲回乡看望美萍，为了能够脱离苦海，美萍跪地求继父，希望将自己带走，之后经历了两家人的矛盾纠纷，赵美萍终于离开了这里。

她原本以为自己终于能够与母亲和妹妹过上安静、祥和的生活，却因为是外地人，到了安徽以后，受尽了继父嫂子及孩子们的各种欺凌。母亲只是想尽早地摆脱杨启东的虐待与威胁，她嫁到安徽后，依旧过得非常艰难，同时与她一样辛苦的还有两个女儿。

在煤矿做饭的赵美萍继父工资本身就很微薄，一下子多了两个要上学的女儿，令他备感压力，为了帮助家人减轻负担，赵美萍一到周末就去附近的矿山上砸石头，再卖给旁边的芜湖钢铁厂。而妹妹年纪小，不用砸石头，却每到周六早上就要被早早撵出家门，背着筐子，拿着大勺去捡猪粪，作为庄稼地的肥料。想着那种臭气熏天的味道，一个十岁的女孩为了生存，不得不克服一切困难而坚持。

有一天，同村男孩川从大上海打工回来，穿着与思想上的时髦让赵美萍萌生了出去闯荡的念头。两人商量以后，某天早上，赵美萍一早趁着家人还在熟睡，拿着简单的行李与川私奔了。

经历了生活的一波三折，只有小学文凭的赵美萍到了上海做的第一份工作是餐馆服务员，可是因为年纪小，她曾多次被黑心的老板克扣工资，后来她辞职进了一家童装厂，开始做流水线工人。

在这本书里，我看到的是一个坚强、勇敢、坚韧不拔的女孩，她为了能够改变自己的命运，承受着一般人无法承受的苦痛。

最终她选择了这一次上海之行，并且在后来永不停息的阅读与学习中，一步一步从业余的撰稿人发展到成为知音杂志一位名编辑。

这不是最后的结果，因为这本《谁的奋斗不带伤》出版以后，全国乃至其他国家的华人都关注到了赵美萍。

美萍在上海时，经历过一段失败的婚姻，后来两人分开以后，她开始在湖北武汉知音杂志社工作，而这本《谁的奋斗不带伤》则让她拥有了全新的幸福。赵美萍的老公是美籍华人，在看到了她的采访报道以后，两个人开始互通邮件，大概往来 66 封邮件后，他们决定见面，并且在之后的交流中，情定云南。

一个 13 岁混迹在石头堆里的女孩，后来有一天却在美国休斯敦有了自己的别墅。

在所有人看来，这只是童话里灰姑娘拥有了王子的故事，然而这些可爱的女人们通过自己的努力，也终于成了拥有幸福的灰姑娘。

"骗来的"爱情能维持多久？

秦安今年 32 岁，元旦节后被光荣离婚。离婚理由很简单，他要的爱情，对方给不了。

与秦安朋友多年，大家都说他是好人，我也这么觉得。

就像电影《左耳》开场白：上帝做证，他是一个好男人，尊敬长辈、勤劳善良、吃苦耐劳、节衣缩食……只是，好男人并不意味着都适合这个时代，这个时代的好爱情，也不一定是"好男人"经营来的。

秦安出生在乡下，父母的血汗钱都是一锄头，一锄头挖出来的。他珍惜每一粒粮食，每一分钱。可是他结婚的时候，却选择了一个干部子女，以为这个女孩不会带给自己经济负担，或许还能倒贴一些……

从物质上，一开始他们不对等，女孩也很乐意让家人补贴。但从精神需求上，秦安结婚后就自然过渡成了土生土长的农村老爷们。

他要求饭必须女人做，衣服必须女人洗，男人说话，女人不要顶嘴，一切奢侈浪费的节日，婚后都取消。

他的妻子李瑞在城里长大，从小娇生惯养，习惯了养尊处优的生活。自从嫁给秦安后，每次回乡下要六点起床，扛着铁锹去地里干活。因为秦安希望妻子能够成为整个村庄最孝顺、懂事的好媳妇。就这样，在母亲面前他尽力把自己的大男子主义表露无遗。

婚后，秦安把母亲接到了自己家住。有一次，秦安没有回来，妻子李瑞想孝顺婆婆，带她去外面吃了一顿，再烫了一个头发。

婆婆不好意思拒绝，就跟着李瑞去了。吃过饭，烫了头发，回到家，就躺着不起床。

秦安询问母亲怎么回事？母亲说，自己吃不惯外面的饭，可能生病了。秦安再看看母亲的头发，开始对着李瑞发起火来，母亲见儿子吼媳妇，说了两句，心里却很是得意，因为母亲一直给儿子灌输的思想就是要"拿得住"媳妇。这一次她也想通过这种方式教媳妇节俭。

李瑞从此以后，再也没用这种方式去孝敬婆婆，而是选择了陪她粗茶淡饭。

情人节的时候，李瑞希望能与老公一起出去浪漫，可老公却觉得老夫老妻，为什么要如此浪费？所以他让李瑞在家里像往常一样给自己做饭，李瑞生气罢工，秦安为了逞强，当着母亲的面，给了李瑞一巴掌。

这一巴掌激怒了忍受许久的李瑞，她提着行李回了娘家。

李瑞走的时候，秦安出于面子，还说了一些走了就永远也别回来的话。她有些伤心，跑去跟发小一起喝酒，被秦安知道后又大吵一架，秦安觉得李瑞让自己很难堪，没有为自己的"面子"考虑。

　　思来想去，李瑞觉得婆婆的传统思想对老公影响很大，她决定让婆婆回乡下生活，她与老公过二人世界。可秦安一听李瑞要撵走他的母亲，坚决不同意。李瑞无奈，只好留在娘家。

　　秦安等了李瑞一个月，实在等不住，就去接她。李瑞要求秦安能像恋爱期那样多一些温情，可秦安却觉得生活就是努力赚钱、买车、买房子，攒钱将来养孩子，还要考虑多一些积蓄为老人以后看病，总之所有李瑞想要的生活情调，在秦安那里荡然无存。

　　李瑞觉得婚姻就是一场无休止的单调重复。重复给一家人做饭，重复洗衣服，重复去公司混工资。她被这种枯燥、疲惫的生活捆绑着透不过气，直到她再也承受不住的时候，她终于提出离婚。

　　秦安一直觉得自己是一个好男人，而李瑞却觉得自己不幸福。他俩就这样不欢而散，分道扬镳。

　　后来有人跟秦安聊天发现，秦安骨子里有特别固守的传统思想，而他其实属于80后。李瑞喜欢过一些有情调的生活，喜欢有生活乐趣的人。可秦安是纯正的闷葫芦，话少，耿直，说话直接，犀利；言辞上不妥协，也不哄人开心，结婚以后就再也不舍得花一分钱。

　　李瑞记得那次，秦安要给好哥们介绍对象，他俩坐在一起聊天的时候，李瑞坐在旁边听，秦安说话的姿态就像一个成功的过来人在教新人怎么恋爱。

　　他说，恋爱的时候，对女孩好一点，热情一点，毕竟那个时候人家还不打算嫁给你。等你结婚了，或者有孩子了，就不用花太多精力了，女人没几个敢有了孩子离婚的，所以辛苦也只是追到手之前。

李瑞听得心发慌。她发现，女孩在恋爱的时候，尽可能多一些无理取闹，考验男孩的爱与忍耐度，而男孩恋爱的时候，却尽可能伪装，来换取女孩的满意度。她很失望地对秦安说，幸亏我还没有孩子，不用被你这种不负责任的态度继续骗下去。谢谢你，说出了心里话，我也希望以后不会有更多女孩，被你们这种老旧的恋爱经欺骗，还要一生为你们当牛做马。

既然都是新时代的人，为什么不能做到男女平等，共同赚钱致富，共同承担家务，为什么一定要让妻子像保姆，丈夫像皇帝，在这种不对等的角色里，婚姻一定就会幸福吗？

我只爱过你一个人

一位特别要好的女性朋友给我讲了一个故事。

那时，她还不懂爱情是什么，可因为漂亮，很小就有人追求她。我的朋友喜欢写些风花雪月，并随手发表在空间日志中。她把每个喜欢她的、她喜欢的男生都以类似爱情的名义记录了下来。她觉得这样，回首青春才觉得充实无悔。

平日她喜欢在网络乱逛，混入某某圈子。有一次，误打误撞进了一个网络电台，然后她就毛遂自荐做起了节目策划。她把自己与一个男生的故事写到了文案中，在节目播出之后引来很多听众的热议。电台一位男主播也因此对她产生好感，毕竟有故事的女人很迷人。男主播主动加了她的 QQ，一聊才知道竟然是老乡。男孩本职是省电视台主持人，电台主播是业余爱好。

他们开始在网上聊天，互相表达好感，准备见面。女生也认为自己找到了一个可以托付终身的男孩，于是她决定删除空间三百篇日志，以一个新姿态开始生活。

为了对男生坦诚，她把这个删除日志的事情交给了男生，并嘱咐他一定要一篇一篇地删。

第二天一早，女孩看到干干净净的空间很是开心。于是她打电话给男孩，没想到男孩还在睡觉，她问："你怎么还不去上班？"
男孩说："昨晚删你的日志，删了300篇，看了300篇，在补觉。"
女孩很是感动地挂了电话让对方休息。

下班后，按照惯例男孩会打电话叮嘱女孩吃饭，可今天男孩
的电话迟迟没有来。女孩按捺不住，主动发短信问候他。原本打
算回城一起见面，确定恋爱关系的两个人，此时却发生了状况。
男孩不回复女孩短信。女孩不知为何，只能继续发。男孩实在没
有办法，鼓足勇气给女孩发了一条短信说："亲爱的，可能咱俩
不太适合。"

女孩不知道为什么原本两情相悦的人，现在忽然说不适合。是
不是因为他看到了她的相片，不够漂亮，身材不够好，还是他在嫌
弃她贫寒的家境，拿不出手的学历……她猜测了种种，却始终没有
勇气去问原因。

很多年以后，一次女孩与一个闺密在星巴克聊天。闺密边喝咖
啡，便气愤地抱怨自己被甩的事情。

"都说21世纪了，人们思想开放的，为什么他总逼问我谈过几
个男朋友，牵过几次手……"

女孩说："你傻呀，为什么不告诉他你只爱过他一个人。"

闺密一口气将杯子里的咖啡喝完，说："我以为说得多，他会
觉得我有魅力。"

女孩开始说教自己的朋友："傻女人，你谈过的恋爱为什么要
告诉他呀？你床上有过谁，为什么要告诉他？你以为你让一个男人

知道有多少人喜欢过你，追求过你，他就会更加珍惜你？你以为你沾沾自喜地告诉他你谈过多少恋爱，他就会觉得你多受男生青睐？如果你真的了解男人，应该知道，男人最喜欢听的话是：我只爱过你一个人。"

女孩说完这些话，忽然就想到了多年前的自己。那时的她跟现在对面坐着的闺密一样傻。她故意让那个男主播去删除自己的日志，潜意识也是让对方看看自己的魅力有多大。可换来的是什么？是对方望而却步，扭头便走。

若他问你："亲爱的，你谈过几次恋爱？"作为女生你必须微笑着告诉他："我谈过几个已经不重要，重要的是，我现在和以后爱的人只有你。"

为什么我们一定要这样说？

因为你曾经的那份爱已经留在过去了，确切地说当下的你，已经与过去那个人无关。

当你确定此刻是幸福的，当你想跟现在的人走完一生，你时时刻刻要明白，过去的终究过去了。你的心只有他一人，现在是，未来也是。

有多少正在幸福的人，都把爱情丢在了过去的路上，不觉得可惜吗？可为什么偏偏做不到忘怀？

女生更喜欢打破砂锅问到底，问对方谈了几个，牵手几次，送过什么礼物，吃过哪家饭……之后再哭着说，好呀，你那么爱她，竟然给她送什么，为什么我没有？男生说："别哭了，那只是过去，你拥有我的现在，还有将来。我会给你幸福。"女生很倔强地说：
"不行，为什么你早没有认识我？为什么你没有把初恋给我……"

　　一段美好的爱情，就在你的无限纠结中夭折，回头去想有意
义吗？如果你希望成为一个人的永恒，最起码要能珍惜现在吧。
现在都马上失去了，还能有将来吗？

当婚姻成为一种凑合

读者来信：

我孩子八个月了，三个月前我与老公提出了离婚，最主要的原因是我老公在婚姻里的表现一直像个孩子，没有一点儿责任心，而且他长年在外，几乎不怎么回家，平时家里一切都是我在打理，包括经济。他挣的钱还不够他自己花，而且一直以来他也不怎么打电话，从我怀孕到现在都是这样。他几乎不会过问我与孩子。他很懒，但是很简单，没什么坏心眼。我之前提出离婚是觉得想激励一下他，可他却再次选择逃避，他妈妈直接站出来和我谈判。我不知道这样的日子还有什么意义。

我喜欢看女人励志书籍，这样才让我对生活更有希望。我不怕吃苦，不怕累。但是我觉得家要两个人共同经营，同时两人也要共同进步才行。我不是希望要大富大贵，但我不希望生活像一潭死水，毫无意义与价值。而现在的生活让我看不到希望。再加上他妈妈的介入，他的退缩，让我觉得我的婚姻就是我和婆婆两个人的事情，他在面对这样的问题时都能继续不管不顾，甚至要破罐子破摔，我对他失望极了。

可是看到孩子，再看到我的父母，我真的很心疼。我妈妈为了照顾我，从怀孕就在家陪我，孩子生下来也是她辛辛苦苦帮我带，我的婆婆不但不感恩，还觉得我妈妈管得太多。我真的不忍心孩子受到影响，我的妈妈为我操心又操劳。我都不知道怎么做才能更好更圆满。

而现在我婆婆一直以来表达的观点就是，我是女人，嫁鸡随鸡，再怎么都该容忍。所以我提出离婚就是我的不是，她让我把孩子给他们，要不我就带着孩子净身出户，要不就继续这样过日子。我生下孩子，我觉得我必须对孩子负责，他们家的教育本身就有问题，所以我无论如何都不会把孩子给他。可是现在他们是想逼我不离或者闹上法庭。

我之前让他回来，我说过因为时间与空间的距离，我已经感觉不到爱了。我说再彼此给一个月的时间考虑清楚，我要确定我的心，我希望他这一个月能尽量多回家，我们处处看。可是他说没时间，之后就关机，到今天已经第五天了。我们约定的时间是下个月22号，我不知道他为什么关机。所以我现在很想摆脱这样煎熬的日子。因为没有什么继续的意义。我不想让他的行为影响到孩子……

沉香红回复：

恋爱的时候，我们根本不知道人与人的差异除了相貌，除了身价，还有灵魂。从你的文字来看，你是一个有着精神世界的人。有精神世界的人对生活有一种向上的努力与追求，可往往是我们在恋爱的时候，被对方的浪漫与细心滋养得忘了去考虑精神世界的吻合程度。

婚姻渐渐地让懒惰的人更加懒惰，勤勉的人更加勤勉，两个原本追求不同的人，开始有了思想上的悬殊，继而开始质疑婚姻，质疑自己。在我的婚姻遭遇此类事件时，我也曾怀疑自己是不是选错了方向。可是身边的人却无数次地提醒我，婚姻就是凑合，婚姻是搭伴生活。我不苟同，但是我也不否定。有时我们很难看懂婚姻，不知道它到底是提供两个人幸福的居所，还是捆绑出一个看似幸福的家，给孩子健康的成长环境。

许多人到后来都会默默地说：我们不离婚就是为了孩子幸福。可还有一部分人说：我们离婚，是为了孩子能够快乐。捆绑在一起的人，如果天天吵架，孩子真的就能快乐吗？而如果离婚以后彼此都选对了人，孩子真的就会痛苦吗？在这样的状态下，到底要怎么选择，那就要看女人怎么取舍。

如果明知婚姻不幸是自身的原因，很有可能离异后重新寻找也会不幸；如果清楚看到婚姻问题对方大于自己，那么可以选择离开。当然我们如果决意离开，就应该有抚养孩子的能力；如果我们仓促地离婚，匆忙地再嫁，也有可能诞生另一桩不幸的婚姻。

父辈的婚姻，一辈子也很不幸，可他们选择忍受，他们对婚姻的理解是彼此包容、理解、忍耐。我们这一代人比较简单直接，只要有共同语言，有共同目标，有感觉。当这些达不到，当另一半与自己不同步努力，不同步进行时，我们会认为这样的家庭氛围不适合自己居住，或者不适合孩子成长，因而会心生各种烦恼。所以，无论是谁的婚姻，应该都可以简单地进行分类：一是自己不满意的婚姻。二是彼此失望的婚姻。三是凑合过的婚姻。如果自己对婚姻已经彻底想放弃，且愿意将孩子留给男方，那么可以大胆迈出这一步。

如果自己已经不太满意，孩子又不舍得交给对方，要考虑是否有能力进行抚养，如果没有能力，就不能轻易放弃，而是要学会在婚姻里包容。

如果是彼此失望的婚姻，女人拥有独立生存能力和抚养能力，那么可以选择离开对方，重新开始生活。如果能够独立生存，且无法得到孩子的抚养权，或者无法抚养孩子，个人建议，不要随便离婚，而是在婚姻里学着独活。

女人不一定要用离婚来寻找新的生活与幸福。我认识的朋友里有女生离婚后迫不及待地开始找寻新的爱情，可经历了这一次婚姻后，我竟然觉得就算牛郎织女结了婚，也保不准会离婚。这个世界，女人幸福的源头一定不能是男人，而是自己。

许多平凡的女性会把男人当作自己制造幸福的机器，所有的快乐根源都取自于这一个人。可我们谁也无法保证，机器永远不会坏，永远不需要修理。我们如果不希望被偶尔的不幸影响情绪，一开始就要学会自己爱惜自己，照顾自己。这样一来，彼此失望的婚姻，对方如果没有提出离婚，你也不打算轻易结束，可以给彼此以空间，去发展事业，拥有朋友，共同照顾孩子。

第三种则是，双方都有一种想继续维持的感觉。这样的婚姻可以拯救，也可以说彼此都有一种弃之可惜的感觉。很多时候婚姻不是走到绝境，而是进入瓶颈。有的婚姻看似命垂一线，其实只要稍微有第三方过来帮着交流、沟通，就是另一番景象。而有的婚姻双方自己宁可死磕都不愿意再说和，这样的凑合，可以考虑结束，也可以考虑彼此在婚姻里独活。

我不主张轻易离婚，也不会告诉身边在婚姻里垂死挣扎的人凑合着去过。静下来好好规划一下人生，婚姻与事业，孩子与父辈，朋友与同事，当这些人都很重要的时候，婚姻真的还那么重要吗？

当婚姻的痛苦只是人生众多幸福中一个小小的分支时，你可以考虑让它继续在那里苟活。

所有的思念，都是因为距离

在一起久了的人，不会思念彼此，因为太没有距离了。两个人每天睡在一起，吃在一起，工作在一起。恋爱时我们总觉得每天陪伴就是最好的爱，可是在一起久了爱的感觉就会淡，反而是彼此习惯加深了。

这种习惯也成了依赖，却少了留存彼此内心的美感。谁也不会想念谁，甚至有时会心生倦意。

古人说，两情若是久长时，又岂在朝朝暮暮。当下人说，距离不仅产生美，还能产生小三。

恋爱需要距离，不能无时无刻去要求对方给你汇报工作，不能每天不停发信息，刚开始觉得很甜美，可是久了，思念就少了，没有了思念，这感情也就变味了。

所以好的爱情，一定是即便不联系，一个也会想一个，这种联系是一种默契：你在心里与我交流，我在心里为你煮茶、念字；我能感受到你的气息，你的温度，你的脉搏，你夜里睡觉的样子。

我是少有的、恋爱不黏人的姑娘。因为，我经常愿意与对方在心里谈情说爱，有时我在心里正问，你吃饭了吗？忽然电话响了，对方不等我开口，会问，你吃饭了吗？

　　我会在电话这端笑，恋爱最美的样子就是你说出来我心里刚想的话，而你浑然不知。

　　再就是，我捧书阅读的时候，你忽然发来一段话，我看完之后回复了你一句，我刚好在读，你呢？

　　原来爱的默契这么神奇，有时两个人不约而同想念彼此，不约而同拿起手机，不约而同拿起一本书，不约而同给彼此发来同一条信息。

　　相比腻歪，我喜欢不急不躁地去爱，我记得很早之前我恋爱，会患得患失，因为你想一个人的时候，他可能在玩游戏，你打电话给他的时候，他可能在与朋友吃饭，你打算睡觉的时候，他打电话了，你心情不好的时候，他忽然跟你吵架。爱需要默契，不仅心灵契合，性格也要相似。

　　我与一个姑娘互相欣赏，彼此有交集，又都很默契。她见证过我婚姻的历程，陪着我笑，听着我哭，我与她共同努力，一起写书，在文学路上，互帮互助。

　　她失恋了，我无法感同身受，但我比她都疼。我们的爱说不清，道不明，因为我会吃醋她有那么多女性朋友，而我只有她。

　　我很希望有一个珍惜她的男孩来疼她，爱她，照顾她一辈子。

　　我们可以一辈子不离不弃吗？我没问过她。当我们不想失去一个人的时候，唯一的办法就是永远互相珍惜。

　　这种珍惜不能独占，你们是彼此心灵的风景，但不能只是你们，还有许多人也要与她相识，还有许多人想爱你，总不能因为一个人，而拒绝其他欣赏你的人吧，她们都很无辜。

所以女人与女人的情感，不能太苛刻，若是太自私，独占，所有美好的爱，都成了沉重的负担。

没有谁在早已疲惫不堪的时候，愿意继续再找一个负担的。所以我很懂，我与我所爱的人总保持最舒服的距离，让他不会拘束，也不会压抑。爱情最好的样貌就是你给了他世界上最好的舒适度。

我们多么累呀，甚至还会受伤，倘若最爱的人都无法将这一切变为爱，那么我们在一起的意义又是什么呢?

给彼此最大的空间，做最好的自己，没有谁会舍得离开最温暖的光，最美的风景，没有谁不想一辈子喝最滋养身心的汤，我们会爱了，爱自然不会走了。

第二章

生命的质地

谁说我们不容易幸福

2017 年的钟声敲响，有许多人沉浸在节日红包的幸福里，我也替小宇收了不少红包。

发红包的都是亲戚朋友，还有一部分陪伴多年的读者。

大家都希望小宇健康、快乐地成长，我心花怒放，手指在新买的苹果手机上，快乐地飞舞着。

这时一条头条新闻进入视线，我顺手打开一看，触目惊心的一幕，叙利亚的战争，许多幼小的孩童都惨遭不幸。

这篇新闻标题是《世界欠他们一个童年》，一个废墟里被炸得满身灰尘的、戴着眼镜的中年男人，表情惊慌地在前进，手里紧紧抓着一个三岁左右，弯曲地瘫在他手里的孩子。

可以看得出，那个孩子已经走了。后面每一张图片都非常让人心痛，孩子们惊慌失措地站在战火中，号啕痛哭，手无缚鸡之力，似乎惧怕死亡，又不得不面对它。我抢红包的手停下来，默默在心里哀悼，这一秒，我看到了满地汽车玩具，一身光鲜衣着的儿子，是谁给了他如此奢侈的童年？

是我们自己吗？不！是一个有责任感，有担当的国家。

对于国家来说，我们就是孩子，我们的母亲用她的力量保护着我们的人身安全。

而对于叙利亚来说，她让自己的孩子们陷入了水深火热的战争中……

我又更加喜欢那鲜艳的五星红旗，我想暂时放下伟大的梦想，静静享受一会儿安静、祥和。

大自然馈赠给人类太多的礼物，我们应该用心去感受，并与之和平共处。

对于幸运的 80 后，我们没有像父辈那样闹过饥荒，没有听过枪响，没有见过血流成河。

我的婆婆曾说，在自己还是年轻姑娘的时候，每天去地里干活，路过一个窑洞前，那里会堆满尸体，据说那个时候社会还比较混乱，两个帮派言语不合，就开始刀光剑影。

每次听到过去的战争，看到邻国的战乱，我都特别唏嘘，至少我们每一个人，现在都能睡觉睡到自然醒，吃饭吃到手扶墙。

这是多么幸福的事呀，我们心疼那些不得不面对战争的人，然而我们又无能为力。有的时候会想呼吁世界和平，却发现唯一能呼吁的是让眼前人珍惜幸福。

中国有一句古话叫身在福中不知福，幸福就像我们物理学习的参照物，倘若我们以叙利亚为参照物，会发现自己很幸运；倘若我们以李嘉诚为参照物，会觉得自己很贫穷。

我们用大半辈子在追求幸福，却从来不舍得停下脚步，感受我们已经拥有的幸福。幸福是全人类共同的需求，许多人说不容易获得，也有人觉得一辈子都不会得到。

　　可是幸福有那么难吗？倘若我们懂得知足，懂得感受幸福本身的样子，就会发现，它在我们出生的时候，一直都在，尽管我们的社会压力很大，但至少我们可以看到天空飞来的和平鸽，在这样的奢侈祥和中，如果再遇到任何一件美事，都是在给幸福锦上添花。

人的一生到底会留恋什么？

三年前，我住在西安市金花路一套租来的旧单元房。没有电梯，每天要来回爬四楼。房子是木地板装修，灯光昏暗，夜晚干燥，冬天没有暖气。我凑合着住了两年，才搬进新家。

旧房子周围都是小商贩，离住所不远是长乐公园。11岁时，母亲来西安探望培训、学习的父亲，带我来过一次。那时，长乐公园还是西安的动物园。

十多年后，动物园搬进了秦岭山，公园里建起了游乐场。沿着这条路往回走，一排排装修别致的餐馆映入眼帘。那会我与先生收入微薄，很少有谁主动提出下馆子。

如今回忆，我婚姻里最幸福、甜蜜的记忆都留在了那里。

早上目送先生离开，傍晚挺着大肚子，拿着伞站在立交桥下迎接他下班……

如今搬离那里已经三年有余，可从来不会去怀念或者主动再回去走走。生活每天都发生着微妙的变化。人的情感、思想都在随着时间推移、变动着。

夜深人静，我忽然开始感慨。人的一生，到底会留恋什么？

儿时西红柿的味道？大白兔奶糖？还是村子里那个大家一起跳

皮筋的麦场？又或者我们一生住过的酒店，见到的风景，爱过的人？

有的时候发现记忆是无情的，它筛选过，留存的不是最幸福、最安逸，就是最无助、最痛苦。其他的琐碎，都会被新的事物取代，都会被慢慢忘记。

父辈也一样呀，最喜欢谈论的就是那些年，他们一起吃过的苦。

拼搏与享乐，更容易被记住的一定是拼搏，因为一个付出了，一个在得到。人对自己认真付出过的事，往往记忆犹新，比如，第一段感情。

因为没有经验与套路，往往能做到毫无保留，结果也被伤得体无完肤，干脆后来再也不全身心投入去爱。因此，所有美好与忧伤，都寄存给第一段感情。

再往后你会发现，最好吃的肉是第一口，最善良的人是初见，最刻骨铭心的记忆是伤痕累累……

所有新伤，会取代旧情。人们发现，付出再多，在伤害面前，功不补过……

所以，爱情里有一句话叫作珍惜。不是你打了她，再把她追回来，而是你一生都不舍得打她。

环境不停在变幻，周围的许多事物都在悄无声息，日月更替。朋友换了，思想换了，身材换了，记忆换了，然而，我们到底留下了什么呢？

等我们离开人世间那一秒，我们会回放一遍来时的路。谁还浅存在你的记忆里，与你不离不弃？

是爱、是忧、是伤、是愁？他人无从知晓。你留给人们的是乐观、悲悯，是谎言、真相，也无人知晓，一切在死后变得不再重要。

有的人，会随着火光四溅，瞬间在这个世界消失；有的人灵魂还会存在其他人的生命里，永生永世，通过文字、图像、声音走进他人的思想中。那时，谁会留恋你，而你又会留恋谁呢？

我们误解了婚姻

　　婚姻不等同于人生，不能因为婚姻关系的开始，便将一切美好期待都注入到婚姻里，致使婚姻在一开始便拖着疲惫的步伐，走得缓慢又艰难。

　　我们的村子很小，在城里人看来，村里人都不离婚，是因为都不共同进步。可是社会在进步，村里人怎么能落后呢？凡是阳光普照的地方，必然有人渴望幸福。

　　我们村才几百户人家，可隔三岔五就能听到有人离婚了，是的，中国人的离婚率已经达到了婚姻状态的一半。

　　为什么会这样呢？我有一年的时间，一直在研究婚姻，研究幸福课题。可是课题还没有研究完，我的婚姻就差点儿崩盘。

　　还好，我是一个做事理性的人，我一次又一次地去思考婚姻存在的意义与如何权衡是否幸福。

　　前不久，我搬去成都小住，整整一个月，我楼上的一户人家每隔两天就会大吵一架，回到西安，楼上依旧如此。

　　谁的婚姻能不吵架呢，毕竟生活是无限段被掰碎的好时光：今天享受，明天享受，后天总也会疲惫与麻木。

　　婚姻的确是在我们套上指环那一刻便与我们的人生并肩行进

了。只要不离婚，那么婚姻就一直在，大概是因为它的特殊与长久性，后来的我们对婚姻赋予了特别多的意义与压力。

奶奶说她与爷爷未曾谋面，就已经订婚，我觉得不可思议；父亲与母亲经人介绍，过了不久，也订婚，结婚；一生吵吵闹闹，但感情很深。

我们这一代人，风花雪月，海誓山盟，给了彼此全世界的幸福，后来又没了爱的感觉，无情地扭头就走。

"感觉"是许多年轻人选择婚姻的根本，因为有心动，因为有爱情，因为他对我们好，因为他舍得为我们花钱……

所有不是理由的理由，成了我们婚嫁的根本原因，婚后不久又发现这种美好的感觉消失了，又固执、果断地选择放弃。

父辈们不停地用他们那一代"凑合"的婚姻观安慰我们，而我们却总觉得，实在凑合不下去，就只能让他们失望，让孩子担惊受怕。

其实归根结底，对婚姻的认识上我们这一代人有了误解。

父母说，婚姻就是搭伙过日子，我们只读解了字面意思，重点理解了搭伙，却忽略了过日子。

什么才是过日子呢？

是两个人长相厮守，积攒生活，消磨光阴。是一起攒半年的钱去买心慕已久的家电；是写好愿望清单，在父母生日的时候，给他们一个惊喜；是共同抚养与教育孩子成长，是在事业上遇到挫折时，互相打气……这就是过日子，就是搭伙，是夫妻同心，其利断金……

因为目标与价值观的倾斜，我们这一代人婚姻质量并不如我们的父辈；总以为我们比他们更会爱，更懂爱，可他们愿意千里迢迢写一封书信，等几个月；他们出行万里去打工，另一半安分守己照顾孩子。他们不仅一起享受，更能一起吃苦。

可现在，我们的婚姻观，早已充斥着浓浓的攀比。结婚比彩礼，比婚房，比谁的媳妇漂亮，谁的老公有钱，谁的公公大款，谁的老丈人当官。一群带着不劳而获思想的人，在婚姻里只想得到，害怕付出。

有的夫妻，借口太忙，孩子交给了老人，下班回家，吃了饭就两人拿起手机，目不对视，互不交谈，经济独立，精神独立，同一屋檐，形同陌路。

互联网拉快了人与人的相识速度，也拉坏了人与人的相处默契。无论吃饭、睡觉、走路、逛街，人们习惯了与手机里的那个陌生人聊天，也不愿意多看看眼前的人，陪他说说话。

我们十几岁才会玩的手机游戏，孩子三岁就会了，父母几十岁才有的颈椎、腰痛病，我们十几岁就有了。

我特别喜欢读木心的那首《从前慢》：

> 从前的日色变得慢
>
> 车马邮件都慢
>
> 一生只够爱一个人
>
> 从前的锁也好看
>
> 钥匙精美有样子
>
> 你锁了人家就懂了

这首诗足以表达人们对那个时代一些东西的怀念。

有的时候，我们以为自己的情感与科技一样更发达与便捷了，后来却发现，其实外在的文明，真的超越了许多发展中国家，而内在的文明，才刚刚搭建起来。

在如今这个人人奔小康的时代，谁还会每天为吃饭而发愁呢，人们愁的无非是什么更健康、更营养，更让人放心。

但是婚姻的本质并没有改变，两个相爱的人为了共同的目标努力：第一，努力赡养彼此的父母，与他们和谐相处，给他们爱与陪伴，必要的时候，要付出经济资助，让老人拥有幸福舒适的晚年；第二，努力照顾孩子，除了努力赚学费让别人教育，也要挤时间两人一起教育。

我不相信一个天才不需要教育，如果没有父母教育，必然有社会教育，或者自我教育。总之，人与生俱来的一些劣根性与对语言与知识的匮乏需要在后天的学习中去增补、完善。除此之外，夫妻双方共同的责任与义务便是一起搭建丰衣足食的物质世界，以及努力营造一个温馨、和谐的精神家园。

倘若夫妻一人酷爱其他行业，对方除了给予支持、鼓励，也可努力学习。然，如果对方并没有与你有共同爱好，也不能因此否定婚姻，因为婚姻的核心价值是用爱去付出，努力照顾与陪伴我们的亲人，而并非是搁浅一切，去追求梦想。

那些眼里只有梦想、没有家庭的人，不应该拥有婚姻，因为即便梦想相同，谁也无法保证他们的生活就无比和谐。

永恒的陪伴者是自己

你有过一个永恒的朋友吗？读者这样问我。我想了又想，决定这样回答：有。是谁呢？是自己。读者笑了，觉得我在开玩笑，我很认真地回答：是自己，人的永恒只有自己陪伴，父母只负责陪伴你的前半生，爱人陪伴后半生，而朋友只陪伴你一个时期，一段路，或者一些时日。

大部分人都以为父母的陪伴是永恒的，当他们在我们身边的时候，我们无限索取爱与宽容，放纵伤害与脱离。每天都在向往长大，飞翔。之后聚少离多，开始牵挂。

直到我们再也没有资格借口忙碌，而站在他们的坟头落泪，醒悟姗姗来迟。原来，一切都太晚了，有的人只负责陪伴你的前半生。

爱人此时可能已经站在你身边了，你心想，哦，还好。当骨肉分离的痛让我们无法支撑自己时，爱人至少能够抚慰我们的心灵；又或者，是某一位朋友。

无论是爱人，抑或者朋友，曾经我们都误以为，他们会像父母一样给予我们深入骨髓的爱。虽说父母提前离开我们，但临走之前满满的依旧是对我们的牵挂。可爱人之爱，却不同，有的爱会持久，有的爱像一杯热茶，放一放便凉了，凉了的茶，再热不出那个味，干脆半路也就分了。即便不分，谁能保证同年同月同日一起离世呢？爱再伟大，也没有人愿意陪你去往另一个世界。所以，我们渴望亲情、爱情，以及友情。以为这样不同的情感会温热地陪着我们，走过这孤独的一生。

可忽而发现，父母会提前离开，爱人也会变得冷漠，朋友虽说不会轻易伤害，可人山人海，有人相逢，有人陌路。

很早之前，我渴望成为一些人的朋友。那时我不够优秀，所以一直走不近对方。于是我开始努力给自己注入梦想与力量，我在这个世俗的外在世界拥有一席之地，后来也收获了友情，却在这收获的同时发现自己也在失去。那些与我有了心灵距离的朋友，慢慢与我疏离。

疲惫与孤独的时候，去翻微信里 4000 多位好友，想找一个人说一句我好累，抱抱我。却不知这句话该说给谁。有时想说，我走不动了，请牵着我一起走。却终究不敢说出口，因为你不知道谁会心疼你，会真正关心你。

并不是我们不愿意把别人当作朋友，只是我们都知道，谁也无法从心灵上取代自己。

永恒的陪伴只有自己。悲痛时，他人的鼓励会激励我们；孤独时，他人会给我们打电话；难过时，有人会安慰我们，可真正让我们坚强的只有自己。

有一天你会发现，原来一个人可以过得很好，一个人可以安静地去散步、吃饭、看电影；一个人可以看书、写作、发呆。你应该懂了，我们需要陪伴者，但不能依赖陪伴者。因为所有暂时存在的陪伴者，都有可能在某一时刻毫无理由、征兆地离开，我们需要足够清醒，让自己有勇气，承担一切孤独。

这世上有真爱吗？

　　这世界有真爱吗？有，一定有。当你不给爱情涂抹世故的颜色，不给爱情披上虚假的外衣，不让爱情沾染太多功利，你的真爱就一定会如约而至。也就是说，只有认真对待了爱情本身，那个与你一样真诚的人，才有可能出现。

　　有一个故事发生在中山喜咖啡店，一个女孩工作失意，出门旅行散心，却在这里喝了一杯咖啡，并与另一个男士多聊了几句，便发现两个人一见如故，他们没有留联络方式，毫无商量，又同时出现在了这家店，然后他们喝着咖啡，给对方讲了自己的故事……

　　他们竟然很快相爱了，有多甜蜜呢？我曾经坐在他的副驾驶，听他用广东话给女孩打电话，那时的他们，已经相恋八年，却仿佛昨夜才遇见那般炽热、动情。

　　倘若现在有人问我，什么是真爱，我一定会告诉你，就是烟花永不熄灭，美好一直存在，情话永挂耳边，彼此百看不厌……

　　有一个男人四十出头，与不老男神林志颖一样永葆青春。他的衣服干净到清澈，心纯粹到看不出世俗，即便被旧情万般伤过，面对新人依旧情意满满。

你从他的背影看不到岁月折旧，从他的笑声听不出心已伤透，看他的状态，整个人二十出头，然后你会忘情目视，傻傻地问，你那么英俊，是在等待爱情吗？

有的人对自己有很好的管控，因为他相信未来会有新的期待，他从不滥情，也不花心，所有甜言蜜语都留给了所谓真爱。

当真爱出现，他可以回到少年，奋不顾身去努力，轰轰烈烈去爱，把生命里最后的深情都打包让你带走，你会被这样的人震惊，又觉得羞愧。

曾几何时，你早已不再相信爱情，不愿意为情花费精力与光阴，虽说我们都渴望真诚的拥抱，美好的亲吻，但那比北极光更遥不可及，因此期待成为失落，最终变为无所畏惧，独自前行。

真爱怎么会光顾那些爱情的胆小鬼呢？怕疼，怕甩，怕付出，怕劈腿，怕被骗，怕流言蜚语，一切可怕都让我们蜷缩在角落里，独自低吟……

人为什么要丢弃灵魂生活？

最近读周国平老师与济群法师的谈话录《我们误解了这个世界》，其中有一篇与教育有关的内容，对我影响很大。

因为早前，我参悟到了与之相近的东西。当我们的思想碰触到这些信息的时候，一下子就产生了共鸣。

我知道那些暂时说服不了别人的道理，是必然存在的。只是国人觉醒太慢，有时候，你说出来，有人存有质疑，甚至怀疑你的精神是否正常。

过去就听别人说，一辈子别触碰哲学，那东西会让人变傻。可高级的文学如果缺少了哲学思维，那作品，注定是没有灵魂的。

什么是灵魂？有人刚问我。

我们难道感受不到身体里还住着一个自己吗？这个自己，不用吃饭，但是要看书；不用喝水，但是要旅行；不用穿衣服，但是要有爱情。

每一个人从一出生，就降生在了两个世界里：一个是人类通过气力与智慧搭建起来的外在世界，一个是与生俱来的内在世界。

如此说来，与我们永恒在一起的不是地球、不是宇宙、不是恒久不变的容颜，而是精神世界，是我们灵魂的居所。

有人说，一生别走太快，走累了停下来等一等灵魂。

许多人以为那些富商与伟大的人都是靠气力赢得世界的，他们并不知道，就连这个世界上的货币，都是内在智慧创造出来的东西。

人，之所以为人，是因为在进化的过程中，产生了语言，有了意识。

觉醒之前，意识会敲门，如果你打开门，将意识留在大脑里，留在精神世界，那么觉醒就指日可待了，最后人可以用智慧建造国度……

物质的富足，不应该成为衡量生命质地的筹码或者标准。而是应该思考，这一切物质的起源是什么？我们不该为了赚钱，让自己退化成没有意识体、不觉醒的猴。

如果有一天，我们弄丢了灵魂，那么就会像行尸走肉一般让生命消亡，甚至我们的种族在宇宙中被优胜劣汰掉……

地球的生存法则，谁说不是宇宙生物的呢？

幸福是一种感知力

你的婚姻幸福吗？你感觉自己幸福吗？我曾经是为他人传递幸福的使者，但是有一段时间，我丧失了感知力，对周围一切充满了负面的情绪。

我感受不到世界的温度，感受不到存在的意义，感受不到付出的快乐，感受不到人世间什么是幸福。

每天，我思考最多的是死亡。我的一位妹妹 25 岁车祸离世，从此我就陷入对生命的深思中，到后来发现自己似乎得了抑郁症。抑郁症是一种可怕的精神疾病，肉眼观测不到，但是自己能感觉到，不喜欢与外界接触，对许多事情没有兴趣。

可是因为我有许多读者的爱与支持，总能很好地克制自己，因此走出了这段迷茫与困顿，就像一个迷失在原始森林，险些掉入沼泽地的人，重新获得光明。

我获救了，救赎我的是自己的感知力。它在体内的存在，帮我与外界搭建了有声的世界，让我听到喜悦、快乐，感受到人与人之间微妙存在的情感关系。

我以为旅行可以解救我的心灵，到后来却发现，真正让我重获幸福的，不是一个人，一场旅行，一件衣服，仅仅是，我对幸福的感受能力。

我开始反省这段时间自己所做的事情：我辜负了一段美好的时光，忽视了一些亲人的感受，伤了一些朋友的心。今日深夜，我忽而发现，我又有了感知力，有了明朗、阳光，有了快乐，其实我拥有的只增不减，只是我在一个阶段丧失感知，因此，我活在悲悯与无望里。

非洲人那么贫穷，那么落后，他们为什么可以每天快乐，无忧无虑？过去我以为那是他们有信仰。可今天我懂了，他们只是有很强的感知力。

对阳光微笑，对大海微笑，对赐予我们篝火的上帝微笑，对大自然馈赠给我们的所有美好感到幸福，那么身边的那些不幸，也只是小小的不幸，是可以被克服与忽略的不幸，那么我们依旧是一个幸福的人，或者说，有能力获取幸福的人，对吗？

好电影是一场心灵的旅行

我从记事起就一直在看电影。那个时候在乡下，互联网还没有普及，我看电影，都是看哥哥跟他的小伙伴租来的影碟，大部分是古惑仔、武侠片，还有僵尸大战。

总以为看很多的恐怖片之后，我会变得勇敢，或者说看很多的武侠片，我就会飞檐走壁，然而十多年后，我还是害怕鬼怪，看了那么多的武侠片，依旧觉得陌生。

我看的第一部触动心灵的电影是《肖申克的救赎》，最初我把它当作一部演绎囚犯牢狱生活的片子来看，我不懂导演想表达什么，那些被关押在肖申克监狱的重刑犯，有什么好写的、好看的？

事实上，我错了。这部片子真正的价值是，它在通过这样的牢笼式生活表达我们的人生，表达一种被惯性思维控制的人。而影片中的安迪总是试图打破这种思维，却遭受重重困难。

安迪坐在餐厅与其他同伴一起吃饭的时候说，世上有些地方是石墙关不住的，在人的内心有他们管不到的地方是完全属于你的。瑞德问他是什么，他说，是希望。

于是我第二遍，第三遍地看同一部片子，依旧是晦涩的监狱，依旧是那一群服装统一的囚犯，但是每看一遍对我的影响更深一些，我开始打破思维里的那一堵墙思考。

我看过成百上千的电影，每过一段时间，就要去电影院看一部片子，从《那些年，我们一起追过的女孩》《致我们终将逝去的青春》《匆匆那年》《后会无期》《既然青春留不住》《微微一笑很倾城》《从你的全世界路过》，到《摆渡人》《乘风破浪》，这些文艺片给我感动，也让我落泪；中国无厘头喜剧，不会在你的心里留下烙印，不会对你的人生有改变性的作用，不会让你在看它的时候有所触动，它们就像你人生的过客，却曾经真正存在过。

有的电影，在短时期可以让你有所收获，可是看得再多一些，便会遗忘，因为总有新的东西，会取代它。但是《肖申克的救赎》不容易被代替，它通过一部非常简单的牢狱片，将整个世界不同国家、种族相通的人性都表现出来。它让人们看到，有的东西有国界，比如肤色、语言，有的东西无国界，比如思想与灵魂。

至今，我看过的可以称得上好电影的有《辛特勒的名单》《贫民窟的百万富翁》《追风筝的男孩》《遗愿清单》《穿着条纹睡衣的男孩》……

有的电影可以给人一些哲理，有的电影可以给人一些帮助。

《贫民窟里的百万富翁》这部片子让我明白了，人生真正的财富不是结果的高度，而是经历的厚度。

让我们获得成功的，不是我们的年龄，而是经历。一个从小生活在印度孟买贫民窟里的男孩子没有很好的文化教育，然而他有这个世界上许多国家的男孩并不曾有过的经历，在答题中他一段一段回忆着那些过往。

导演用这样的方式将一个人的经历呈现在荧幕上。最终这部片子让我懂得了即便是苦难，也别逃避与抱怨，这是你生命的一笔财富。

许多人曾有过很低的起点，大部分人没有努力去看更远处的风景。然而仍旧有少数的人，坚持一步一步地向上走着，就像登山一样，他愿意站在山顶去观望来时的脚印，去眺望远处渺小的房屋与稀疏的灯火。

人只有真正离开之前，才会意识到自己就像站在山顶要对这个世界告别的人，星斗一样美丽，黎明一样有光，天空一样湛蓝，鸟儿依旧飞翔，而你将与这个世界毫无联系，并悄无声息。

我喜欢读书，喜欢通过哲学书籍了解人性的弱点，并努力去战胜它。我喜欢看电影，喜欢看有深刻启示意义的电影，这一部一部引人深思的电影，通过我们的眼睛直抵心灵，在我们的心田开启了一场曼妙的旅行。

这场旅行的途中有THEMARRIAGEOFFIGARO/ "DUETTINO-SULL'ARIA"这样曼妙的歌剧相伴；有金黄色的麦浪，有圣洁的雪山；有《遗愿清单》里两个可爱的老头在生命最后一刻的坦然与真实，有《穿着条纹睡衣的男孩》里德国军官最后的撕心裂肺的呐喊；有战火在内心熊熊燃烧，让我们感受到了恐惧又无比珍爱现在的生活；有《肖申克的救赎》里体制化的绝望，让我们感受到了自由的舒畅。

《追风筝的男孩》再一次让我看到了战争，让我从不愿正视伊拉克战争，到"亲眼看见"了一场战争的残暴与血腥。我看到了那些恐怖组织如何去残害一个女童，让我更加渴望世界和平。我看到了《穿着条纹睡衣的男孩》中，德国纳粹活烧犹太人所反映出来的人性的惨烈与黑暗。

我明白人为什么要有信仰，控制人情感与行为的不是肉体，而是我们的思想意识，一个人只有有了正确的信仰，才能有一个美好的未来。

希特勒的独裁与惨无人道的暴行，注定让他在死亡之后成为世人眼中的"魔鬼"，在众多人的心灵深处，不会给他感激与爱，而是憎恶与恨。

当一个人离开地球，再也没有做人的资格，也没有了权利去残害，没有了能力去解救，他最终留给世人的将是他生前的行为。

在非洲工作一年之久，许多同事因为人身安全问题，走不出公司院落。因为缺乏自由，一年后，有许多人开始沉闷与抑郁，因为人们把内在世界与外在世界一起封锁了起来。

这让我再一次想起，《肖申克的救赎》里安迪说的，在人的内心世界，有一个地方是他人管不到的，他说那是希望，而我觉得那是思想。

真正解救或毁灭一个人的，是他的思想。看电影与读书，之所以区别吃饭与穿衣，一个让你身体舒适，一个让你心灵旅行，只有心中有片疆土，眼前才能无比辽阔。

你是否了解生命的需求？

美国心理学家亚伯拉罕·马斯洛 1943 年在《人类激励理论》论文中提出人类需求像阶梯一样从低到高按层次分为五种，分别是：生理需求、安全需求、社交需求、尊重需求和自我实现需求。

而生理需求，是生命的最基本需求，其中包括饮食、情欲、健康。当我们的健康无法保证的时候，生命的需求则无法得到满足。换言之，如果一个人"即将离世"，他很难真正意义上觉得生命是幸福、有价值的。

可是，一个人在吃饱、穿暖、身体健康的状态下，又会出现第二层需求：安全需求。在当下社会，人们过度地想赚取财物，无非就是在满足自己的安全需求。而女人在结婚前对房子的要求，其实也是自身的安全需求在发出信号。

其次我们发现，一个人如果长期不出门，与电脑，与书籍，或者只与自己相伴，这个人一旦出门，要么短时间精神恍惚，要么表现得极度紧张，很有可能还会怕见生人。这就是因为他主动地放弃了生命的一种需求——社交需求。

我们都知道，人是群居动物，一旦离开群体，短时间看起来可以存活，长期独处，则对身体有害无利。一些抑郁症患者的最初症状就是非常不喜欢与人相处，不喜欢社交，总把思想与身体封锁在自己搭建的那个黑暗的小世界，久而久之，生命需求受到影响，思想意识也会扭曲，比如开始质疑存在的意义，开始厌世。

再有就是，新闻偶尔会曝光客人与服务员发生口角，服务人员将整盆火锅汤浇在了客人的身上。在这种无服务费、又缺少尊重的氛围影响下，服务人员很容易形成特别脆弱与敏感的心。因此，无论是街边的清洁工，或者是建筑工地的工人，在通过自我勤劳与智慧创造财富与价值时，都应该需要受到尊重与包容。

而如果身边有威胁到他们人格、尊严的行为，一些不懂得自我调节的人，很有可能就会产生报复心理。因此，社会各个阶层的人都需要被尊重。但被尊重的前提是，尊重他人。一个人倘若不懂得尊重别人，言辞过激，行为不当，很有可能就会换回他人的不尊重，在这样的情况下，两个人就会产生口角，甚至发生身体冲突。

对尊重的渴望，还表现在另一方面，就是努力成就自己。有的人，并不是为实现自我价值而努力，也不是在追求功名利禄，而是希望身边那些曾经看不起自己、不尊重自己生命的人，有一天能够好好"听"自己说话。

所以尊重需求虽然排在第四个层次，然而我却觉得，人最基本的需求便与尊重有关。特别是在这个早已达到小康生活标准的国家，人们一开始的最基础需求便似乎是希望被身边的朋友与亲人尊重，如果得不到尊重，一直被忽略，对一个人性格的形成会有不利的影响。

我从小生长在北方的大山里，对父母在"教育"孩子时的满口脏话屡见不鲜。有的语言，不堪入耳，初次以为是在骂家里的牲口，细听不是在骂家里的老人，就是在骂孩子不成气候。

所以，在这五大需求中，我一直觉得从小被父母辱骂、殴打过的孩子，长大后对尊重的需求占据身心更高位置。很有可能后来那些努力的孩子，就是希望证明自己不是父母骂的那样差，而还有一些孩子是从小被辱骂、打击、诋毁，导致长大以后，就像一个无赖一样，偷鸡摸狗，好坏不分，甚至在他人眼里已经不懂得廉耻，没有了人格尊严。

这样的人，在心智未发育完全，甚至难辨是非的状态下，被自己最信任、最伟大的父母嘲讽得一文不值，又长期在耳边灌输这种"畜生""猪狗不如"的思想，导致孩子从一开始就没有按照正常人的生命需求与规范来要求自己。

所以，一个人无论是选择朋友，还是选择恋人，除了要看一个人对社会的认知，还要多观察这个人家庭文化的主旨。

我听一位朋友说，她家老一辈的亲戚，一生非常节省，从不舍得为孩子多花一分钱，也不舍得给自己家里花钱，思想固守到钱不愿意存银行，最后藏在麻袋里，被老鼠全部打洞。

后来两个儿子相继结婚，都不太喜欢这老两口，两个儿子有了孩子以后，也是各自忙着赚钱，也忽略了自己孩子的内心。直到有一天，老二的儿子拿铁棍打伤了同班男孩的脑袋，被关进了看守所。老大的儿子，原本春节前该回家了，可父母一听他回家过年连钱都没赚到，扯开嗓子在电话里把孩子骂了半个小时。

第二天，别人家的孩子都坐大巴回来过年了，他的孩子没有回来。他们问与孩子一起在外打工的同伴，我孩子呢？

他们说，昨天晚上出去就没有回来。

去哪里了？老大一家子心急如焚，形同热锅上的蚂蚁。可接下来一个月都没有见到儿子，直到春节过后，警察局打来电话，儿子因为持刀抢劫，被抓了……

这个时候戏剧性的一幕发生了。老二一家人拿着一鞋盒子的钱，找人疏通关系，希望让孩子早点儿出来。而老大，更是让人不敢相信，他们拿着半麻袋的钱，直接背去了监狱，跟狱警说，我们家有的是钱，只要让我儿子出来，啥都好说。结果两口子差点儿因行贿罪被抓……

所以，我个人觉得，生理需求，安全需求，甚至说社交需求都是自我的得到，而尊重需求一旦得不到满足，很有可能会对这个社会有扰乱与毁坏性的危害。

而自我实现需求，是人的最高需求。在当下，中国文化的改革，一些 80 后、90 后甚至 00 后也已经开始朝着自我实现需求奋进。而 70 后与 60 后更多的时候，还在考虑他人需求，从生命本质上忽略了自我的存在，导致一生根本看不到自己生命的颜色，自己的喜怒哀乐，自己真正的需求。

有许多父辈，年轻的时候都在为填饱肚子奔波，没有时间慢下来去问问心里的声音，自己到底需要什么？而今我们的生命需求已经可以满足到第五层了，所以中年与晚年不应该再继续浑浑噩噩地房子换房子，车子换车子，甚至情人换情人。

我记得有一次父亲来西安了，我想请他去看一场电影，他问我电影票多少钱一张？我说30元，他就开始批评我太奢侈了，30元可以买多少馒头。

然后我说，那我请你喝一杯咖啡？父亲又问：咖啡多少钱一杯？我说25元一杯。父亲说，就那么一杯水25元，你真会糟蹋钱。

我问父亲，那你想干什么，我给你钱，你去做吧。父亲说，我喜欢打麻将。于是我给了父亲一些钱，父亲高高兴兴地坐在麻将桌上输了1000块钱，然后说自己今天太开心了。

其实有的时候，我很想对父辈们说，醒醒吧，生命真正的需求不是每天在麻将桌上燃烧完，也不是坐在酒桌上陪吃陪喝。而且父辈这一代人，有一个比较怪的现象，他们吃大餐，一定是在求人办事，请外人吃。他们不会舍得花1000块去高档餐厅，带着老婆、孩子享受一次五星级服务。而且，所有外面挤压的坏情绪，也一定是带回家里发泄。

我之前在非洲安哥拉生活过一年，平时很少有机会出门。生日那天，我就请几位要好的朋友去海边餐厅吃饭。当然餐厅很高档，在国内算得上五星级。因为我一直觉得，难得出去一次，既然出门，就不要凑合，要去卫生、干净、环境好、服务好的地方享受一番。

坐在我邻桌的是一对葡萄牙夫妻。最初是年轻的先生与太太在点餐，接着一对老人也来了。他们见面的时候，有一个非常让我羡慕的举动，就是家人之间脸与脸贴在一起，然后说一些问候的话。

接着他们开始有说有笑地用餐，旁边年轻夫妻带来的孩子，还在不停地跟我打招呼。

曾经我有一次拿到一笔丰厚的稿费，很开心、激动，打电话邀请我的父母一起共进晚餐，在一家我早已选定的豪华餐厅；结果我的父亲狠狠地批评了我，他说我不够节俭，并以过来人的姿态教育了我半天，还说享受这件事，一定要等我赚到大钱了再去做。

而对我来说，能与父母和家人在一起分享我的快乐，远比金钱来得重要。

我根本没有想过要赚大钱，因为大钱不是天上掉下来的。每一个人赚取的钱与自己付出的精力、时间、生命是成正比的。我生命的意义与需求不是枕着人民币睡觉，也不是住着豪华别墅，更不是多一辆排放尾气的车。写作本身就是体验不同的生命状态，观察生活中细微的风吹草动，所以，我不需要开着车专心致志地看红绿灯与交警。

我这一生要尽可能勤奋、努力地去追梦。尽管写作从来就不是赚钱的事，而我也不是为了能赚到钱才写作。

可我知道生命的真正需求是什么，那就是自我实现的需求。

其实，有才华、有智慧的成功人士，最先想恋爱的是努力点缀身体的一些女人，但是最想长期交往的，是经营生命的女人。因为这样的人一生就像一本丰富、精彩又惊险、刺激的故事书，有时像在探险，有时像在听课，有时像在享受生命……

我们要的是一个能经营生命、有丰富内涵的自己。

如何与这个世界相处

　　前不久去西安空军工程大学做分享会，讲到写作对我的影响时，我提到了父亲。那年我 11 岁，开始学习写作文，父亲见我非常喜欢写作，便主动提出要给我买书。那个时候生活在山村，没有见过课外书，每天面对的只有课本与寒暑假作业。父亲不算有钱人，高中毕业之后就开始与其他乡下人一样忙着养活一家老小。我被父亲厚重的手牵着，坐上了去彬县的中巴车，那时，我们县城还没有一个像样的书店。

　　坐了很久的车，我们来到了一个陌生的看起来相对繁华的县城，没有顾得上喝一口水，父亲便拉着我进了书店。这是我第一次看到那么多的书，整个人已经沉浸其中，翻翻这本，看看那本，一刻也不想停下来。我知道书很贵，也不敢买很多，最终我选择了一本《小学生新概念作文》，如获至宝地捧在怀里，又在盘旋山路的颠簸下赶回了家。

　　小学六年级一次口头作文比赛，现场抽签，四个题目，抽到哪一个就要背出来。有的同学当时只背了一个，抽到的不是自己背诵的题目，顿时就傻眼了。可是我胸有成竹，四个题目抽到哪一个，我都可以张口即来。因为过去的一年时间，我抄写了这本书的经典句子、词组，甚至我背完了整本作文书里的作品。

那时，我不知道父亲买这本作文书的用意。我天生喜欢写，只要写出来新作文，就读给父亲听。父亲很聪明，每次都是先赞扬我有想法，写得好，接着告诉我，怎么改，才会更好……初中的时候，父亲为我订了《三秦都市报》《西安晚报》《华商报》，在乡下小镇上，我每天接受着最新的知识，不知不觉中积累着我的写作基础。父亲是无心插柳的，又或者他内心是有期盼，却从不给我压力，以至从11岁到27岁，我从来不觉得写作是枯燥的，是痛苦的。

父亲对我很溺爱，六年级的时候，传呼机还不太普遍，我就已经开始带着父亲送给我的摩托罗拉传呼了。有一天上课，忽然传呼响了，班主任问，××是你的响了，还是我的响了？我很尴尬地说，是我的。初中的时候，我就更受宠爱，每到周末父亲就会开轿车来学校接我，在近乎全校师生面前，我坐进父亲车里离开。

我是一个不安分守己的孩子，初二那年，我转学了，对乡下教育的暴力体罚我忍无可忍，最终逃离……

父亲对我的溺爱开始从言语转为往我卡里打钱。最初我并不是一个喜欢乱花钱的孩子，进了城，学校门口就有书店，第一次有机会每天可以看到《朱自清散文集》《张爱玲散文集》，可以看到郭敬明的《痴鸟》、韩寒的《三重门》，可以把吃饭的钱攒下来买《读者文摘》《萌芽》《随感》《花火》……

我猜想，我阅读的兴趣，是从那个时候开始真正建立起来的。

十年不是一晃而过的，而是慢慢悠悠，在父爱的陪伴下，日积月累地成长。

在西安定居以后，父亲时常会与母亲来看我，每次我打开门的时候，都会被各种米面油、苹果、西瓜、桃子占满视线。临走时，父亲还要硬生生塞给我一些钱。

有时候我觉得自己的良知是父亲的爱激发出来的，因为过去我的确不怎么上进，虽然喜欢写作，可是因为没有明确的目标，也一直没有想怎么去坚持、发展，可是每次看到父亲为我做那么多，那么无怨无悔，我就内疚，作为儿女，我能给父亲什么呢？

今天父亲又来家里，他真的就像一个忙碌的客人，来的时候提了20多斤的西瓜，还有一些桃子，匆忙地吃了顿午饭，陪孩子玩了一会儿，又起身离开了。临走前父亲再三嘱咐我，要学会攒钱，以防备用，要提升写作高度，以对得起读者的喜欢。

父亲对我开始有要求了，这是近些年我感觉到的。他不希望我做一个肤浅的作者，所以我的文字他逐字逐句地揣摩，再批评，再让我去纠正，包括我进入社会后的处事，他都经常指点。

新书《做自己的豪门》中有一篇《他只是想让你成长》，在末尾我写道：过去我以为有的人让你哭，是因为他不爱你，后来我才明白，他只是想让你成长。

多年来，父亲不仅培养了我阅读与写作的习惯，也教会了我如何与这个世界相处。

初入社会，有许多朋友觉得茫然，对于人情世故都不太懂，不知道如何与人圆滑交流与相处，而我总能游刃有余地解决，最初我将这些归于情商，但是在一次坐出租车时，父亲的举动让我明白，很多我生活的习惯与处事方法，都是父亲的言谈、举止在潜移默化。

我记得很清楚，那天我与司机因为他多收了一块钱而辩解，父亲对我说：司机很辛苦，都不容易，多让他们赚一点，他们也开心，我们也损失不了多少。

父亲不仅能吃苦，而且鼓励孩子吃苦。这是大部分家长学不会，也教不来的。走向工作岗位，我做的第一份工作就是每天为我的同事们杯子添满水，在他们上班之前打扫干净办公室，在别人闲聊的时候，虚心听老同志分享工作经验……

这种勤于学的好习惯让我在企业的十年间一直都有非常好的口碑，然而因为对于写作的痴迷，我最终还是离开了企业，选择了做一个自由撰稿人。

父亲教我做人不能有"身架"，不能因为稍有名气，就变得浮躁，不能因为读书，就显得清高。这么多年，读者对我最多的评价是接地气，也大概如此。我的文字也像地里的庄稼一样憨实，不华丽，不娇气，默默扎根土地，滋养多数人的心灵。这一切源自于我的父亲，他教会了我与这个世界和谐相处。

安逸，是前行最大的障碍

再回忆起来，我很内疚与自责，因为我删除了自己最要好的闺密微信。删除她的理由仅仅是，我看到了她被安逸牵绊。

我的确羡慕过她，因为她是独生女，即便不工作，也有父母新买的房子，为她准备的车子。没有人与她争抢……

可是我羡慕的生活，其实后来并不是那么美好，她之前的工作单位将她辞退了，她的养老保险需要用支付宝套现；就连她的母亲也不想借给她一分钱了。我说我们一起去成都试试，锻炼一下胆量，南方比北方要发达，现在水果摊都已经可以扫二维码了。可她27岁以来除了读大学去了外地，毕业后就一直待在父母身边，哪里也不想去。

我又安慰，那来西安，住我家里，找个大企业，有发展前景。

可即便咸阳与西安那么近，她依旧支支吾吾，不想来。

她一本院校毕业，高中是班里最认真的学生，谈过一场恋爱，分手后，至今单身。

我问她最近在哪里工作，她说给同学的家里看店，卖一些五金配件。据说老板娘还挺苛刻，经常扣她工资……

我非常难过，也很替她惋惜。十年寒窗苦读，只为换来过早安于现状，或是认命？

说了许多鼓励的话，她都无动于衷，于是我气愤地删了她的微信。

有的时候，我不明白为什么许多人宁可苟延残喘，也不想奋起反抗。

认命固然比拼命容易，可认命是一辈子在社会的夹层里苟活，是没有自由与选择权的一生；除却妥协就是接受。

时光虽不说话，但经验却是好东西。再笨的人，拼搏久了，都能从失败中总结经验，激发更大潜能。

而每天生怕领导分任务给自己，怕多辛苦一小时，怕多学一点技术，混在没有前景的企业不舍得离开，直到被辞退，住在不收水电费的家，直到被赶走，才开始另谋生路……

绝处逢生，就是一种反弹。一个人在安逸中，就像温水中的青蛙，你总是以为自己晴空万里，沐浴阳光，却并不知道生命早已危机四伏。

安于现状，让人缺少斗志，缺少坚持做好一件事的勇气，缺少向这个开放的社会努力汲取的谦卑……

当今是新媒体鼎盛期，可是依旧有许多年轻人，根本不懂互联网的应用，人们学习一件事情的目标非常明确，这件事，能不能赚钱？但是没有多少人能看清，这件事值不值得投资？

聪明的人，投资的是自己的前程，而安于现状的人，只需要眼前的得过且过。

　　我曾在朋友圈发过一段话，每个人手里有两张牌，年轻的时候抽走努力，老了留下安逸；年轻的时候抽走安逸，老了留下努力。

　　倘若安逸是我们的人生目标，也要带着两个其他目标努力：第一，让父母早些安享晚年，第二，让孩子不指着鼻子骂，他不想跟你一样失败。

　　所以，无论眼前你的生活多么繁荣昌盛，都要努力为以后枝繁叶茂做准备。

尊重需求与自我教育

马斯诺提出了人的五大需求，其中有一项为尊重与被尊重需求。

受邀去某校做文学报告，得知前来参加活动的都是一些研究生与博士生。

为此活动，我准备了两个多月。但是到了活动现场以后，我第一反应是，这些年，我欠过去的代课老师们一句道歉。

读高中的时候，我一度痴迷网络游戏，上课喜欢睡觉，看课外书。

代课老师对我这种问题学生置之不理，其实已经习惯。这是城市，倘若在农村，学生上课不认真听讲，会被暴打一顿。

所以说，那个时候我们把不尊重视为个性，视为对抗。

据说这次活动是学校每月固定需参加的。最初我以为是自己讲得不好，现场许多穿着天空蓝衣服的人东倒西歪地沉浸在睡梦中，后来在我那段非洲经历的视频声中，醒了一些人。然而坐在最前排的那个穿着白色衣服的，直到课程结束，都没有醒来。

后来与一位博士生交流才得知，他们这是在对抗，用知识分子的话说，你可以要求我的身体来这里听课，但是你左右不了我的灵魂。

然而在我看来，那是尊重与被尊重关系缺失，最让我失望的一节课。

有一位闺密，曾经是大学老师，后来辞职做了全职作家。我问她，大学生是不是都特别喜欢听课？她说才不是，现在的大学生，上课根本就当你不存在，你在上面讲得嘴巴冒火，他们在下面玩手机、聊微信。

其实，从开心程度来说，有的知识取悦不了你的心情，但是能点亮你的人生，有的微信交流能取悦你的心情，却并不会改变你的前程。

现在年轻人衡量事物的意义不再是其内在的价值，而是它传播的方式是否有趣。

从《中国合伙人》黄晓明扮演的角色就能看出来，一个人拼了血命在台上讲，其他人在昏昏沉沉睡觉。

前不久，在一位非常有知名度的老教授的全国大学讲座中，许多学生台下玩手机，引起媒体不满，有人指责说，一位90多岁的老教授在台上站了90分钟，就有学生在桌子上趴着睡了90分钟。

尊重与被尊重关系，学校缺失，家庭缺失，唯独现在假惺惺地存在于单位。员工对老板的尊重，源自于一种直接的利益关系。

而在家庭关系里，父母都喜欢谈孝顺，可是孝顺的前提应该是尊重。你尊重孩子的选择，那么孩子在被尊重中感受到了自己在家庭中的存在价值，必然会滋养出一颗感恩的心来对待生活。

在中国的传统观念里，讲究门当户对。而门当户对不只是经济的对等性，同时包括了家教的相似度。一个讲理的家庭，与一个暴力施教的家庭在不同的成长环境里塑造出来的孩子在处事中相差悬殊。

我们发现有的人在家庭里，一定是"一招制敌"。一句话，或者一个动作必须让你服从，听命于我，或者一句脏话骂到你无力还击。这种孩子从小思维搭建起来的图形，就是用简单粗暴来解决问题，所以他长大了对待自己的婚姻、家庭也是如此。

知识分子家庭，由于接受高等思想教育，可能会适当地尊重孩子，也会教孩子宽容、善良、包容。那么这样的人如果遇到一个只想让你顺从的人，那就是秀才遇到兵，有理说不清。

在中国有一个词叫凤凰男，就是从寒门通过自己的摸爬滚打，一点一滴努力进城的一些人。他们因为勤劳、质朴又善良，往往深得那些大家闺秀的喜欢。

可大部分凤凰男与大家闺秀在一起，属于"双毁"，家庭教育的不同，会影响孩子的思想、情感，表达方式都不相同。

凤凰男大部分经受过贫穷，后半生大部分都在努力证明自己，赚钱回报家人。

他们在父母没有完全从贫穷中解脱出来之前，不会陪你风花雪月，吟诗作赋。久而久之，大家闺秀会觉得枯燥，生活单一。

有的人说，穷人的孩子，非常尊重家长，但是我们反过来看，穷人家长，很多都不尊重孩子。他们每天忙于生计，性情碾压得只剩下简单、粗暴。累了，回家骂儿子没出息；怒了，拿起铁锹打一顿媳妇。

孩子的思维搭建起来的图形，往往会复制父亲的样子来对待自己的婚姻，并以此来教育自己的孩子。一个家庭，父母不尊重孩子，孩子表面对父母的顺从，其实都是一种内心的软弱与妥协。

他们很有可能将来面对家庭，依旧不知道如何去尊重妻子与孩子。所以尊重与被尊重关系，在父辈这里没有很好地发扬，到了孩子这里，缺失得就很明显。

有一句话说，我并不认可你的观点，但我誓死捍卫你说话的权利。

有几个朋友在一起交流，一个人非常不认同另一个人观点的时候，就马上翻脸，甚至当场指责。

每个人都不是为了取悦他人而生的，他的思想、观点只适合一个群体，一些人。

你的父母给你说过对不起吗？你给你的孩子承认过错误吗？

J先生从来不会给我认错，所以我们原本一句话能解决的问题，最后冷战一个礼拜后，都是我主动和好。

后来我发现，J先生家里人也有这样的习惯，J先生对婆婆提出一点小小的要求，婆婆反应非常过激，马上辩解，最后再补充一句，你有啥资格说长辈。

中国父母有一个共同的弊端，就是觉得"父母"这个称呼就像孙悟空一样，无所不能。

父母永远是对的，即便错了，孩子也不能指出来。一旦被指出来，父母马上道德绑架一句，我一把屎一把尿把你养大，就为了你长大后教育我？所以一个不自知的母亲必然会培养出一个不自知的孩子。

如果这个孩子自我觉醒，或者可塑性强，会在成长环境中自我教育，自我改变。

如果像古人说的，朽木不可雕也，那么争吵 100 次，他始终不会觉得自己有错。

许多人的孩子学会的第一个词是"妈妈"。我孩子学会的第一个词是"谢谢"。而我对孩子也不止一次说过"对不起，妈妈错了"。

在尊重与被尊重关系中，我们必须适当地学会认错，并改错。

并不是父母永远是对的，当你不对的时候，第一时间认错，改错，你的孩子才能学会改错。为什么有的父母，只允许自己满身缺点，却接受不了孩子像他（她）？教育的本身是自我教育，去影响身边的人来学习。

孩子懂得尊重，是父母言传身教的。所以当父母还是孩子的时候，如果没学会尊重家人，又在自我教育中没有意识到这个问题，那么后来的家庭中，依旧会延续这个错误。

一个家庭与孩子的关系，就像一个厂家与商品的关系。家庭给这个商品理念，学校给这个商品技术，最后在共同的努力下，投放市场。

在市场的竞争下，优胜劣汰。由家庭与学校共同打造的内外兼修的商品，则在未来的家庭与社会中，更能被认可与重用。

一个人前半生的家庭教育＋自我教育，决定他（她）后半生的家庭幸福。

一个人前半生的家庭教育＋学校教育＋自我教育，决定他（她）后半生的社会地位与经济实力。

过去我们一直提倡家庭教育与学校教育，后来有了社会教育，但是却一直忽略了自我教育。

有的人前半生并没有享受到很好的家庭教育，却依旧能让婚姻幸福、美满。

那是因为他懂得自我教育，以及遇到了一个同样有好的教育的伴侣。

婚姻并不是满腔"爱情"就能经营好的，没有好的自我教育与修养是经营不出高质量婚姻的。

职业与人生

2017 年我是在无数次飞行中度过的。每次我都会羡慕在机舱里来回走动的漂亮空姐。但唯独这一次起我不再羡慕她们。我喜欢空姐这个职业，不是因为她们每天可以飞来飞去，主要是她们的制服好看，她们有气质，这一度成为我学生时代，渴望成为空姐的理由。

但空中飞行是有危险性的，而且气流产生的"呼呼声"会让人头痛；狭小、密闭的空间让人备感压抑。这工作到底有什么好的？我竟然羡慕了 27 年。

不羡慕以后我就开始思考，一个人的职业在她一生中占的意义是什么？空姐在旅客登机那一刻，无论她失恋或者痛经都要保持职业微笑与站姿。人们坐好后，又帮大家放行李、拿毯子，飞行中推着车子端茶送水；私人航空公司，如今又让空姐在飞行中兜售一些物品。我这个曾经渴望做空姐的人看都看够了，她们是否也工作倦了呢？

机舱 100 多名旅客，空姐是没有时间，也不允许与乘客沟通三句以上话语的。她们与每一个旅客擦肩，从不曾去了解他们中任何一个人的故事。

一个女孩一旦选择了空姐这个职业，大半的青春要在蓝天上度过了，而当她终于不用暂时起飞的时候，她们会选择怎样打发这些时光呢？去吃美食、逛街、看电影、约会？我想她们肯定是要去做一些有趣的事，毕竟空中旅行实在太无趣了。

早上送孩子去幼儿园，路上打扫卫生的大爷一边扫人行道，一边听秦腔。腰里别着一个音质不错的小收音机，过往行人都知道他在享受这份工作。

我总觉得不是所有人一生能像我这样做喜欢的事情，去喜欢的城市旅行，去见想见的人。

大部分人的一生职业占据了大把时光，剩余的时间都要用来休息、调整再继续工作。好像每一个人存在就是为了工作一样。

但实际上，我们不得不去工作，因为我们要生存。可生命本身存在的价值，并不等同于无休止的工作。若一个人用尽一生只为"活着"，或者说让这份职业带给自己优越感，那么生命的质地将会受到影响。

生活里许多人干工作，并不是我们所讲的热爱工作本身，或者说觉得能在工作中体现自我价值，更多的，大家偏于现实，只觉得这份工作没那么辛苦，薪水还足够丰厚。

一个人不喜欢养鸡，但是他靠养鸡发财了，接下来他就觉得养鸡是自己喜欢的工作，因为养鸡带给了自己金钱，而金钱又能买来许多东西，换句话说，他喜欢钱，必然也在喜欢这份能赚钱的工作了。因为在不喜欢的事情上，得到了喜欢的结果，最终也爱上了事情本身。是真的爱吗？只是爱金钱带给自己的优越感罢了。

并不是所有的职业都能最后干一行，爱一行。我总是不敢去问那些高危工作者是如何爱上自己职业的，我也没有听说那些在非洲贫困地区修路的国人是因为爱这份工作，他们只是爱这份工作带给自己的薪金而已。

既然是这样，我们就必须问清楚自己真正喜欢的工作或者生活是什么。我曾经在国企工作的时候就会问自己想要的生活是不是这样的，我没有能力改变的时候，我选择白天安安心心在企业奉献，下班以后的时间就做一些自己喜欢的事情。比如偶尔我会请假出去旅行，每天下班到家除了吃饭、散步，就要看书、写作。这是我喜欢的生活方式，也是我放松自己的方式。

当我们还没有能力主宰命运的时候，可能一天当中最宝贵的时间都用来忙着生存了，然而仅存的那几个小时可以让我们成为一个有诗歌与远方的人。可惜的是，有的人竟然放弃了本该属于他们真正生活的几小时。

许多人回到家里除了吃饭、看电视，别无事干。偶尔辅导孩子作业，大部分时间都是手里握着手机聊天，抢红包，看综艺节目。人们最理直气壮的理由就是我在上班，我有工作，我没有其他的理想与目标了。

生活里，对于许多人来说选择了什么样的职业，就决定拥有了什么样的人生。因为他们在开始做这件事情的时候，就不再去拷问生命的质量与意义了，这是最让人难过的一件事。

　　就这样，浑浑噩噩，趋于平凡，安度一生。而我多么希望，我身边的人都能把握职业之外每天仅有的时间，能够将自己潜藏内心的梦，一点一滴积累下来，直到有一天能够实现它。

　　我小时候喜欢弹琴，长大了也喜欢。但是我家里穷，没有能力请钢琴老师教，所以我在很小的时候就在课桌上画了键盘，每天下课就在课桌上弹，那个时候没有声音，却仿佛在内心听到了。父亲看我喜欢弹琴就买了电子琴给我，我没有老师，在乡下我没有条件找到一个教我电子琴的老师，于是我就在家里自己琢磨。

　　直到工作后，我开始将每个月积攒的生活费交给钢琴老师，我又开始学琴，那个时候我发现原来生活这么美好。每天在单位发完货物，我就坐公交去音乐室练琴。我享受这样的生命，也热爱黑白琴键带给我的欢快。

　　如今，我钢琴弹奏得依旧不好，但是每天写作累了，我就会弹奏给自己听，弹奏给身边人听。我想只要我努力，只要我坚持，终有一日，钢琴会像写作一样，不仅能到处去弹奏给别人听，而且还能作为一种工作，再传授给别人。

　　我庆幸自己没有让职业占据整个生命，因为职业有的时候不是生命的全部。除了写作、弹琴，我依旧旅行、画画，我喜欢喝茶、看电影，也学习写剧本。我的生活丰富、饱满，也充实、快乐。我体会到了职业带给我的优越感，也体会到了爱好带给我的幸福，这种快乐那些早已放弃它的人感受不到。

第三章

梦想

用自己的方式，为生活发光

　　父亲是造房子的包工头，洋气一点说就是工程师。过去我一直以为盖各种各样的楼房是父亲的梦想，直到最近我们一家人坐在一起讨论：你的梦想是什么？

　　我母亲说，她的梦想是让我嫁个好人家。父亲说，他的梦想是我早日成为大作家。只有我哥哥说，他的梦想是开公司。轮到我了，我差点儿说，我的梦想是希望小宇有一个灿烂的前程。可是仔细想想，每个人不都是有一个初心和很早之前就种在心里的梦吗？

　　于是我非常认真地问父亲，您好好想想，您当年的梦想是什么？父亲不假思索地说，进国企，吃铁饭碗。这几乎是我们这一代人都有的梦想。我又问母亲，您的梦想是什么？母亲这一次回答比较慢了，她想了想说，我年轻的时候，可喜欢唱歌了，一心想长大了当歌星，可后来觉得山沟里的人，吃都吃不饱，还当什么歌星啊……

　　有许多年轻人，瞧不起父辈的生活方式，觉得他们世故，庸俗，目光短浅，甚至有人写了文章嘲讽他们生活的枯燥与乏味。

　　我们的父母年轻时几乎一直都在为填饱肚子奔波，后半生还在为给孩子买一套房子操劳，好不容易退休了，又成了专业的看娃户。其实现在看来，他们也有梦想，他们的梦想比我们简单多了，然而，他们并没有实现它。

有一段时间，我曾觉得每个人都应该去追求梦想。可朋友说，生活有360行，梦想有吗？有谁的梦想是给别人端茶倒水？有谁的梦想是早上五点醒来去扫马路？有谁的梦想是陪酒，吃饭，应酬不断？

许多人自从成为父母以后，自然而然地都不再提起自己的梦想，他们更多地希望以家庭为主，先努力照顾老人，抚养孩子。就像我的父亲，难道他没有梦想吗？可是让家里人风餐露宿，自己去拼搏梦想，就真的比照顾好一家人值得尊重吗？

偶尔会听老前辈说我们80后的人比较自私。起初，我只觉得这是文化的鸿沟，与人无关。可最近我却一直在思考，假如我们也能先照顾好父母、孩子，再去谈诗和远方，是不是这样，梦想才更有它的分量？

我在《做自己的豪门》这本书里，第一篇写了发生在北方乡村的一个13岁姑娘百灵的故事。百灵原名毛蛋，母亲在生她的时候难产死了，父亲又是哑巴，唯一照顾过她的奶奶，在她很小的时候就瘫痪在床了。为了照顾好奶奶与父亲，毛蛋没有读过书，她每天的生活除了去山沟里扫树叶、找柴火，还要给爸爸跟奶奶做饭。她唯一会写的是她的名字，还是在中午吃饭的时候，站在村口等路过的老师教给她的。

有一次我回乡下休养身体，无意间遇到了她，问及毛蛋梦想的时候，她对我说，她喜欢唱歌，因为她家的窑洞盖在山沟边，每年可以听到百灵鸟叫，她希望可以唱得像百灵鸟一样好听。我以为，百灵的梦想就是当歌手了，于是我说，那你是想当歌手吗？可是百灵害羞地低下头说，我只希望一家人都好好的。

过去，我会提倡人们追梦，也会觉得没有梦想，或者不敢追梦的人老了都会后悔。毛蛋的故事让我明白，有的人这辈子可能没有机会追求梦想，可是他们却像萤火虫一样，用自己的方式，为生活发光。

父亲为了让我们一家人衣食无忧，自学了画工程设计图，又借钱买了工程设备，之后开始学着承揽工程。记忆中的他总是在骄阳的烘烤下，顶着烈日去指导工人们打根基、砌墙、上楼板；为了工程进度，他时常加班。又担心别人买的工程材料质量不好，又经常去建材市场挑选材料。为了要回工程款，还要请客吃饭、应酬甲方。而且每次他都是一杯一杯烈酒下肚，一句一句美言出口，才能换来自己与工人们辛辛苦苦付出劳动，应得的血汗钱。

当我首次了解了父母的梦想后，非常内疚。因为我忽然明白，或许这个世界上有许多像我父母一样辛苦的人，他们都在默默地为他人作嫁衣，搭舞台。他们用自己的青春汗水，做出一个个闪闪发光的皇冠，却亲手套在了别人头上。

能追梦固然是一种幸福，就像我经常说的，我的生活很满足：看书，写书，教书。可我知道，有许许多多的人，还在为别人端茶倒水，还在帮别人按摩洗脚，还在 30 多层楼的高空建设房屋。

他们就像一座城市里被人遗忘的影子，默默存在着。

人活一生短暂又匆忙，当你走过了大半生旅程就会发现，许多人，生来不公平，又无力改变命运。他们被生活选择在了不同的工作岗位。有人每天都奋力训练，只为保家卫国；有人长期驻扎在非洲贫穷、落后的国家，只为修建铁路；有人长期在血肉中奋战，只为了有更多的病患生还……

这些伟大的无名英雄，他们内心没有诗歌和远方吗？可是如果医生放下手术刀去环游世界了，谁来救治我们的病人？如果我们的战士都脱下军装，去丽江小镇晒太阳、听吉他，谁来保卫我们的国家？如果我们的清洁工都去流浪、乞讨，谁来为这座城市换新衣裳？我敬畏每一位被生活选择后，努力奉献的人，我敬重那些牺牲小我、实现大我的英雄。他们虽然从不谈及梦想，也不说那些诗歌和远方，但是他们用自己的汗水，点亮了生活的希望。

这些年，我唯一的资本是勤奋

很小的时候，父亲给我讲过十二生肖的故事。

他问我，牛走得快吗？我说，相比老虎、兔子、狗、猴子应该都不算快。

可父亲又问，那为什么十二生肖牛却排第二，其他动物都在它后面？

我说，不知道。

父亲说，牛很有自知之明，它知道自己走得慢，在得知需要参加这场速度比赛后，所有的动物都养精蓄锐准备第二天一早出发，可是牛在知道这个消息以后就立马动身，开始慢慢前进了。第二天天亮的时候，猫睡过头了，没有去，老鼠与牛结伴而行。

当老鼠与牛称兄道弟，到最后一站的时候，老鼠，从牛背上跳下来，先进去了，牛成了第二。其他动物都在它们后面。

父亲说，如果你没有老鼠的聪明，就要像牛一样勤奋，这样你才能取得好的成绩。

因此，我从小一直觉得自己是一头学习不好、不会处事、胆小的笨牛。我每天第一个到教室看书、写作业、打扫卫生，却依旧考试不理想。

年轻的我，对未来产生困惑。万分自卑的时候，被学校选派参加田径比赛。

教练在说各就各位——预备，接着"砰"的一声枪响以后，所有人像脱缰的野马一样，飞奔而去。

那一刻运动员的信念只是努力、奔跑，而我只想努力成为第一个抵达终点的人。

我的生命在那一刻，体会到了挑战的刺激。这让我后来面对自己的人生，总试图将它想象成一个跑道，有无数选手在奔跑，可能我的速度不及别人，但是我的意志力，一定能完胜比赛。

体育精神，使得我非常愿意奋不顾身去做好一件事。

也因此，我这个跑不快的牛，每天总是不温不火地努力、坚持，把那些从他人指尖溜走的时间，全部都积攒下来。

四年前，我在非洲安哥拉国家辛苦一年攒下来的工资，用在了出版作品上。

那时候，我被某人嘲笑，自费出书，不如不出。

可我凭借着自己的努力，卖完了那 2000 本书。

三年后，我的第二本励志散文作品《做自己的豪门》为我带来了更多读者。

但是真正让我看到稿费的是第三本书《你配得上最好的幸福》。

我在填写新书合同的时候，心中五味杂陈，因为这些年，有的人都只在等着看我的笑话，他们想看到一个没有读过大学的女孩，如何地异想天开。

但是，我终于迈过了那个因为无人知道，无出版社愿意给我出书的阶段。

虽然至今我对自己的作品，并不是完全满意，但至少我被自己的勤奋打动了。

由于环境的特殊，没有知名度的我，在选择离开国企后，直接面对的工作就是在家带孩子。

我没有那么幸运，婚后不久，老公调去外地，母亲身体不好，婆婆久居乡下，带孩子的工作落在我的身上，同时我还要阅读、写作，对于我，无非就是因为热爱，所以无怨无悔坚持。

《做自己的豪门》这本书 60 篇文章，几乎都是每天晚上孩子入睡后，我用新浪微博书写初稿，第二天用电脑修改整理。

一年时间写了 100 多篇，最后精选 60 篇，出版了这本励志作品。

有很多人，觉得我喜欢发微博，或者朋友圈，其至有的段落看起来莫名其妙，根本不懂。其实那只是我在看书、陪孩子，其至坐车、做饭、走路等时候，积累的素材，观察到的现象，那些大部分都成了一篇一篇完整的文章。

我的某个阶段，没有那么安静的阅读氛围，所以我只有选择夜深人静才开始，没有创作氛围，因此我只能选择孩子入睡，才进行。有许多读者心疼我，让我早点儿睡觉，我也一直警告自己，早点儿睡觉，明天再写。

可是当太阳冉冉升起，明天的事情，就会开始运转。

　　今夜写了电影梗概已经到了凌晨两点，新书文章还差许多，依旧在挤时间完成。这些年，我觉得自己唯一的资本就是比别人勤奋一点，更能吃苦一点，愿意坚持一点。等孩子读书以后，我想，自己可以自由安排时间，将不用如此辛苦。

我与古丈毛尖的不解之缘

生在北方，长在都市，很难有机会接触到茶叶的生长地，虽说创作多年喜欢喝茶，也经常收到全国读者邮寄来的铁观音、普洱、毛尖。

喝了那么多，那么久，也早已习惯了不去问茶叶的出处。每次到了新茶上市，都会第一时间收到快递。

云南的普洱，福建的铁观音，陕南的毛尖。因为喜欢喝茶，也因此结交了许多茶友。

虽说平日大家都忙，不太相聚，可一提起有新茶到，还是有人不约而同凑在一起品茶、闲聊。

那是第一次品尝古丈毛尖，在一位茶友店里，他如数家珍拿了出来，神秘地说，今天让你尝尝我们宋祖英老师家乡的茶叶。

从小就听宋祖英老师的歌，早闻古丈毛尖有名，却一直没有机会品尝，这一次无意间在茶友处看到很是惊喜。只见他熟练地用透明玻璃杯开始泡茶，一边泡一边说，这是有名的古丈茶王家种植的茶叶，这家人种茶出名，在中央电视台都有播放。

我看到清绿的针叶茶散发着淡淡的香，迫不及待地端到嘴边，前所未有的茶香瞬间沁人心脾，色，香都有了，快点让我尝尝味吧。

过去一直喝陕南毛尖，也是极品好茶，但由于地理位置原因，这里生长的茶叶不如古丈毛尖色泽好，味道香，喝完古丈毛尖，我顿时再也不想去品其他茶了。

朋友见我喜欢古丈毛尖，特意带了一些给我，过去我看书，看电影时还喜欢喝咖啡；自从拿到了古丈毛尖，创作或与友人聊天时，我都会情不自禁地分享新茶。

但凡有一些学识，才艺的人都会喜欢结交朋友，而当今大部分人注重养生和健康，不再以酒会友，而更多选择以茶会友，在棋盘间、麻将室、书房都会以茶来做心灵伴侣，偶尔可以听得阵阵古筝入耳，闻着茶香入鼻，无论多么疲倦的身心，这一刻都得以休息。

我们陕西著名作家贾平凹先生曾与多位文化友人著有《上午咖啡下午茶》一书。

贾先生在文章一开始写道：西安城里，有一帮弄艺术的人物，常常相邀着去各家，吃着烟茶，聊聊闲话。有时激动起来，谈到通宵达旦，有时却沉默了……

又在中间写道：君子相交一杯茶，这么喝着，谈着，时光就不知不觉消磨过去，谁也不知道说了多少话，说了什么话，茶一壶一壶添上来……

由此看得出，虽说茶多半产自南方，喜茶的人却并没有地域差异，甚至农民种田累了，也是一壶茶解乏，文化人交流，也是一盏茶，看起来这茶默不作声，也无法让人从直观得到欢愉，却在生活中，让人们在细微中体会到惬意与快乐。

去年为新书创作，去了一次成都，住在玫野河边的一家酒店，酒店位于正街巷口，每天可以在阴雨绵绵的巷子闻到茶香，听到男女老少搓麻将的声音。

走近去看，发现他们的旁边赫然放着"古丈毛尖"，毛尖适合用杯泡，也适合这些正在认真"忙碌"的人，正在他们兴起的时候，端起茶杯，热茶入口，绵柔与温暖瞬间温暖了整个肠胃，也愉悦了身心。

杨绛在《喝茶》一文中提到西洋人喝茶的笑话，滤去茶汁，单吃茶叶，这样好是好，就是苦些。茶叶初到英国时，英国人不知道怎么吃，的确吃茶叶渣子，后来他们又把茶当药，治伤风，清肠胃。

茶是中国人发现的一种饮品，茶最早产于蜀地，秦人去蜀以后，逐渐移植到了全国各地。

据陆羽《茶经》记载，以产地而得名的有浙江龙井茶、福建武夷茶、安徽六安茶、云南普洱茶、湖南君山茶、台湾冻顶茶等多种，这些茶叶在当下都很受茶友们喜爱。

《神农本草经》中说：神农尝百草，日遇七十二毒，得茶解之。

据史料记载，茶陵，在当今湖南省，汉代属长沙郡，以位于茶山之阴而得名。

出于对古丈毛尖的喜欢，前不久我亲自踏上了去往古丈的旅途，一位学生家长开车来接，并介绍我与当地茶王女儿张秀艳相识，除了品茶、吃饭，还与其聊起了她的以茶结缘的幸福婚姻。

受父亲影响，秀艳毕业以后就在茶园帮工，成年后她开始开茶室，除了销售茶叶，也会收留以茶会友的人。而自己的先生做茶具生意，两人经人介绍相识后发现彼此对茶叶情有独钟，因此感情日渐升温。婚后张秀艳继续做茶，先生改行也开始做茶叶生意，与此同时他们的小宝贝诞生，爱人怕秀艳太辛苦，主动做起了超级奶爸，给孩子喂奶、洗衣服、做饭，几乎不让老婆为孩子操心。

古丈四月初，气候温润，下午茶室微凉，将茶桌下铺展的神秘布帘掀开，盖在腿上，顿时全身会暖流涌动。

这座小城虽然不大，经济也并非繁荣，但这里人们的生活惬意、悠闲，三五好友聚在茶室，烤着火，喝着茶，聊着地道的古丈话，在我这个北方人看来，别有一番滋味……

聊天间，我们约好了去茶园参观，虽说喝了那么久的茶，却从未真正去现场采摘一次，秀艳是个爽快人，交代家里人看店，带着我与朋友开车行驶在惊险的盘旋山路，汽车行驶三十分钟到了山顶，放眼望去，绿油油的梯田点缀着整个古丈县，勤劳的茶农背着竹筐，带着满载而归的喜悦慢慢悠悠下山……

茶树不高，而且排列整齐，到了山顶我便忍不住亲自采摘起来，一边摘，一边幻想喝着留有我手指温度的茶叶，会是什么感觉？

短暂的一次古丈之行，不仅让我再一次喝到了古丈毛尖，同时也亲眼看见了做茶的工序，如果过去我们总觉茶叶太贵，看到了这细致入微的工序，我们便再也不会觉得茶贵，而且一边喝，一边会想到那些唱山歌的人，那些喝茶人的幸福……

山间不仅有一望无际的绿色茶树，还有地道的山歌，这些都随着扑鼻的茶香融入宋祖英老师惊艳的歌声里了吧……

我的梦想是让父亲衣食无忧

谈及父亲，我总能长篇大论，也总是存有愧疚。这愧疚不是我做错了什么，而是我没有做什么。

我是一个从小缺少父爱的孩子，小学的时候，父亲每次回家，我第一反应就是走出家门，逃得远远的，因为我怕他。

有一次，父亲回来了，我打算出门。然而没有等我走出去，家里就来了一群人，接着有人骂骂咧咧，有人开始拽着父亲的领口准备动手，我吓得心提到了嗓子眼，个头到不了别人的裤兜，推着那个人的衣服大声喊：你是要钱，还是要命！

然而那个时候，我不懂自己在说什么，但是在场的所有人，因为我一个小孩参与了一场即将开始的战争，而提早结束了它。

懵懂中，我知道，父亲是一个包工头，那年工程亏损太多，欠了砖厂老板的钱，砖厂老板带着一些社会上的地痞过来家里砸东西、打人……

我的童年就是这样过的，很少见到父亲本人，但是经常能见到骑着自行车过来要钱的人。

有时候，工程款没有拨下来，民工油盐不进，父亲也无可奈何。所以只要有人问，你爸爸呢？我一定会说，不知道。

在所有人眼里，包工头都是坏蛋，卷走了民工的工资。我的父亲就是人们眼里的"坏蛋"，但是二十多年过去了，我从来没有见过他刻意拖欠别人的工资，反而是有些单位都在拖欠他的工程款。

有一年，听说父亲揽了一个大工程，与一个外地老板合作盖一个避暑山庄。父亲每天打出租车翻越山沟县城，去对面的村子找一位退休的高级工程师指导图纸。

我以为从此以后我们真的就可以过上富足的生活，我们一家人再也不用怕谁讨债了。

可是多年后的一天，我问母亲，爸爸不是说，等那个山庄盖好了，要带我去玩吗？为啥他从来没有提及过？

母亲说，唉，别提了，你爸爸太老实了，他被人家骗了好几万，那个人就是一个骗子，用假项目骗人钱的。

我快奔三了！从来没有听过父亲骂我一句，养你这没用的东西，差点儿累死我，我为啥要生你！

我对父亲窘境的了解均来自于对他生活的观察或后来听他人所说。

一个人的一生，或许不需要有太多的钱，也不需要有太多的文化，但是一定要有非常优秀的人格魅力。

记得有一次父亲在县城的马栏山盖监狱。那里人烟稀少，山路崎岖，一到晚上黑灯瞎火，没有路灯。

可是那年中秋节，我没有其他安排便坐大巴回到家里。下午，父亲忙完镇上的工程，就朝着马栏山方向驶去。我问父亲，这么晚了，我们为什么不回家与妈妈一起吃月饼？

父亲说，在马栏还有很多工人都没有过中秋，我去给他们送一些肉，一些月饼，让他们也过一个节。

我说，他们只是民工呀，你为什么要对他们那么好？

那个时候我是在吃醋，我总觉得父亲与那些蓬头垢面的工人在一起的时间多于家人。

父亲对我说，别瞧不起那些工人，如果没有他们，我们的日子就不会一天比一天好。他们虽然干的活很脏，赚得不多，可他们是靠自己的劳动力吃饭的人，要学会尊重。

父亲的话让我明白了两点：第一，面对身边为你做过微不足道事情的人，一定要懂得感恩。第二，要学会尊重每一位靠劳动力吃饭的人。

父亲的工作很累，而且应酬很多。小时候我不懂什么是应酬，为什么要大吃大喝，我以为那是父亲在挥霍。

参加工作多年后，我越来越对"关系"有了深刻的理解。

父亲做工程，原本是力气活，每天站在暴晒的太阳底下，要指导那些工人如何去砌墙，去放线，去拌混凝土。可是等到他拿工程款的时候，却非常困难。

他要在酒桌上，陪别人喝很多杯酒，才能换到工人们的血汗钱，才能让几百个学生有学费。

这些年，我与父亲同餐的时间加起来不超过 27 次。儿时父亲每次骑着摩托车回家，看完我们，留一点生活费，他又骑着摩托车去工地了。

初中的时候，我转学了，父亲供我在城市读书，他每次到来都很匆忙，有时我们正在聊天，忽然就有工地上各种催促的电话。

我非常渴望父亲能够开着他的奥迪车带我去城市里的郊区转一转。然而，我很少有机会真正与他在一起享乐一次。

后来，我一直思考，怎么样可以让父亲不要那么忙？

如果我可以赚很多的钱，每个月固定发给他跟妈妈，是不是父亲就可以在家里拉拉他买来已经落满灰尘却没有时间拉的二胡？是不是父亲就可以带着妈妈去一次他结婚前就承诺给妈妈的去大上海看一看？

多年来，我已经去过太多的城市。然而我的父亲，至今没有去过他向往的北京。

去年，我强迫父亲闲下来，去逛一逛吧。可是到了冬天，没有工程了，母亲的身体却不好了要做手术。就这样，父亲与我们一起陪在母亲的身边，直到母亲出院。

他说，今年冬天，一定要带着母亲出去转转。然而，我一直希望自己可以努力多赚一些钱，这样可以让他们拿着我给的钱，去他们喜欢的城市走走。

自写作以后，我时常会提我的梦想，我的梦想是成为一名优秀的作家。我的梦想是写好的作品服务于更多读者。可其实藏在我心里一直不愿意说出来的梦想是，我希望自己有能力让父亲过衣食无忧的生活。

那样的生活没有对官僚的低声下气，没有酒的肝肠寸断，没有无数暴晒的白天，跟加班的夜晚。

我的梦想是，让父亲真正为自己活一次，不仅不用隐忍生活的苦痛，更要大声说出自己的幸福。

这就是我平凡却拼尽全力在追求的梦想。我希望能够尽早地去实现它，让我的父亲能够休息一下。

再邋遢的姑娘，也要偶尔漂亮一次

我的衣橱里，常常挂着三套衣服，这三套衣服平时很少穿，因为穿它们的时候，我要搭配鞋子，最好再化个淡妆，可能还要做一个造型。

我并不是一个勤快、喜欢打扮的女孩。平时在家就洗个脸，涂点宝宝霜。皮肤干燥的时候，贴个面膜补补水。饿不死的时候，绝不出门。有人说我性格外向，可又很宅。

我过去一直提醒自己，千万别让小区里的邻居知道我是个码字的姑娘，我怕他们以后听别人提到作家，就马上联想到我这个素面朝天、不修边幅的人。

可是，偶尔买东西，忘带钱，需要微信支付，都会加他们好友。渐渐地，衣服店、内衣店、门诊、商店这些周围的邻居都知道了我在写作。

有一次起床洗了个脸，想下楼吃早饭再上楼写作。途中碰到了一位邻居老师，我瞬间想把脸马赛克掉。可是我那张分辨率很高的脸，还是被认出来了。对方说：沉老师，你要出去呀？

叫我香红倒也罢了，可偏偏他尊称沉老师，这下我变得更为尴尬地把头低下紧张地说，我下楼取个快递！

我一直觉得自己是一个挺邋遢的人，但这只是我对自己的评价。偶尔，我也会把自己打扮得很精致。

出门时间少，有时候去外地见出版社编辑，有时候路过一座城市看望读者，更多的时间都在家里埋头写作。

看脸的时代，除了看身材，也要看一个人的生活态度。

无论与谁共事，我们都希望对方是一个做事严谨、认真的人，而决定我们是否合作的，不是初见者的颜值，而是她带给人的舒适度。

有一次，我约见一位朋友，他最初看到我的相貌、我的身高的时候，就像见到了没有成功前的马云。

可是等到与他坐下来，从浅显的客套到深入的思想交流，他从傲视到平视，接着，带着微笑说：其实你刚来的时候，我以为，我觉得，我可能……

抱歉，没有打扮成你喜欢的样子，让你误会了。

现在不会了，我不再穿着拖鞋、短裤、吊带，顶着几天不洗的头发去约见别人。

我一定会在提前约好的时间到达，并且根据天气与要约见的对象选择衣服。我是穿旗袍、休闲款，还是穿职业装？

那年朋友介绍我去相亲，对方是一位在电视台工作的朋友。那时的我，还活在随心所欲、自由自在的状态，总觉得花时间在穿衣打扮上，是极其罪恶的一件事情。

我穿得像一个羽绒服里包裹的粽子，因为极其怕冷。我也不知道为什么介绍人要把约会安排在大冬天，用她自己的话说：因为女人在冬天最需要人来取暖。

好吧，我硬着头皮去了。可我中途发现一个非常尴尬的事情，我穿的羽绒服里面的保暖衣，不适合单独在外穿。

怎么办呢？我们约会的地方是一家暖气十足的咖啡馆，而且里面坐满了一圈又一圈的人。

别人都谈笑自如地交流，我一身汗在流。最后我借口说：要不，咱们出去走走吧。我们在刺骨的冷风中走了很久，我那没有化妆的脸蛋被北方的寒风吹得像极了猴子的屁股……

从那以后我特别怕见生人，我总觉得自己是一个懒得打扮，又不会打扮的姑娘，我甚至觉得这辈子都不可能再恋爱了。

一个不会穿衣打扮的女孩恋爱都比别人辛苦，除了骨子里的美被盖住了，也错失了很多被欣赏与喜欢的机会。

我尝试着改变，花费很少的时间，打扮精致再出门。因为我觉得过度地注重外在，或者只看内心都是一种美的失衡。前者会让人觉得肤浅，而后者恰恰只让人看到了厚重。如何来平衡这种美？我选择了一个人的状态下，继续不修边幅，一旦有人参与的状态下，我就必须让自己精致地出现在他人面前，时间是恒定的，要让美不失衡，就要懂得取舍与内外兼修。这是我对时间的敬重，也是对自己的尊重，当然最终我希望别人能感受到我是美的。

我们需要有情怀地过完余生

　　倘若我们把幸福想象成别墅、豪车与无休止的应酬，那一定委屈了幸福本身。

　　这个世界上善良的人很多，有钱的人很多，有成就、情怀的人更多。

　　如果问我，什么是情怀？我不好说，但是我觉得自己是一个还算有情怀的人。我喜欢静听每个与我似曾相识者的心声，我喜欢善待每一位即便不曾相识的人。我喜欢尽可能让一地鸡毛的生活，多一些乐趣与诗意。

　　我喜欢电影，不是说说而已。我会把那些买漂亮衣服的钱，买成电影票，在硕人的屏幕面前，抱着爆米花流泪。

　　我会买许多剧本方面的书籍，学习研究。我也会写影评与别人分享。

　　我喜欢旅行，不是说说而已。很多时候，姑娘们没有勇气去的地方，我都会尝试着抵达。努力做到读万卷书，行万里路。

　　我喜欢民谣，不是说说而已。我写了《非洲姑娘》，让更多喜欢民谣的人听。我愿意为了听民谣歌手的声音坐在大冰小屋凌晨三点，不舍得离开……

　　生活不止眼前的苟且，还有诗和远方的田野。

当我以一个三岁孩子母亲的身份自居，每天生活都有一地鸡毛的慌乱，心情偶尔也会差到爆表。但是我终究还是在老唱片机里、在邓丽君的歌声中、在苏州评弹的小调里，调整自己的情绪，喝着速溶咖啡，尽可能想象心中那一片海洋，还有日光。

没有谁一开始就能拥有灿烂的前程与春暖花开的理想。

或许草根才是我们过去的属性。车水马龙的大城市里，我们孤独得像一个漂泊在夜里的鬼魂，穷酸得连家里的亲人都懒得打电话过问。

回到家里，我们感受不到少年时期的轻松与欢乐，在兵荒马乱的人世间、刀光剑影的神情中，从他们的面颊，窥探着我们自己的样子。

有的时候，甚至不敢出门。怕口袋里的钱，不够请哥们吃一碗面，又怕装了大款，请别人吃了饭，第二天自己饿肚子。

我记得那次，同事骂我小气，不请客。那时我身上还有不到100块，为了证明自己不是那个小气的人，我拿着钱请她吃了一顿。

从饭馆走出来，同事嫌弃我请她吃的饭太便宜。我咬着牙笑着说，没事，下次请你吃大的。

还好那时我有招商银行信用卡，于是我透支了一些生活费，才扛过那些天。

再后来，我即便没人陪着吃饭，也愿意对影而坐。因为我讨厌那些不懂得感恩的人。

世界很大，真正珍惜情感的人不多。而情怀，也是有血有肉的人，才能体会到的事。

我挺讨厌，有的人拍照的时候，从不目视镜头，摆出一副神秘兮兮的样子，装清高，装情怀。殊不知，再怎么装，内心都没有田野。

在大冰小屋，来了又去，去了又来，喜欢的就是那里的气息。

说是酒吧，更像盛放情怀的家。许多人带着一份对生活的热爱，坐下来喝酒，听歌。

对于那些忙着赚钱，忙着应酬，忙着其他的人，这是一种挥霍时光，略显无聊的事。

可是倘若我们的人生只有忙碌，内心只有欲望，幸福有多少分量呢？

有的人在麻将桌输 1000 块很乐意，去咖啡馆喝杯 20 块的咖啡觉得很奢侈。

我一直觉得喝咖啡，喝的是情怀；喝茶，喝的是心境。

一个人做任何事情，带着功利的目的，便将注定错过灵魂的洗礼。

高贵不是我们背多少万的包，而是我们有多么崇高的生活品质与人生格调。

而圣洁是我们用那颗善良的心，做了与功利无关的事。

这一生，如果喜欢养花养草，不是在意它能多香，而是养它本身就是修身养性，倘若旅行，不是为了拍照、炫耀，在行进中感受每一寸土地，每一缕阳光，每一丝吹过你发际的风……

我们需要有情怀地过完余生，这才是对生命最大的敬畏。

不要在意他们是否真的懂你

有的人最大的悲哀是，别人因为他长得丑就认为他这辈子就只能打光棍，后来他如别人所愿了。

其实迄今为止，在公众视野中，我都不觉得马云是一个好看的男人，但是当他站在大学的讲台上将自己的思想、智慧分享给在座的所有人，当他侃侃而谈的时候，我看到了他头顶的光环，他整个人充满了人格魅力，也能瞬间就住进许多女生心里。

大部分人会以貌取人，瞧不起你的相貌，或者看不起你的穿着打扮。

前几年我薪水很低，在外上班穿的都是地摊货，公司的款婆说话的时候夹枪带棒，一边安慰，一边同情，就觉得我这辈子都葬送火海了，因为，我嫁给了一个不如她丈夫有钱的男人。

可悲的是亲人也因为我薪水低，养活不了自己，对我挑三拣四，甚至嫌弃我不够孝顺。

写作的确不是能赚钱的工作，也因此这几年创作，我都不得不一边带孩子，一边书写，还要教六个写作班的课。偶尔带着孩子奔赴其他城市参加读者见面会。几乎很少有时间能够休息。有的时候我很佩服自己对文学的执着态度，即便周遭都是质疑与反对，我却硬着头皮坚持。

因为相信功夫不负有心人，所以我一直像电影里的阿甘一样，凭借单纯的信念坚持，隐忍，努力。

幸福是什么？不只是拥有乐观、积极的心态，更要有朝着幸福努力的恒心与动力。

父亲一直怪我没有能力请他与母亲去旅行，而我在国企时月薪2000元左右，却还要养活孩子，有的时候还三个月不发工资，因此我真的没有办法让他们对我满意。

去年，我在网上授课第三年。去武汉为新书宣传的时候，邀请上了我的母亲，那是我第一次陪老人出远门，我必须让她吃好、住好，于是我让母亲与孩子住进了光明万丽酒店。

母亲住得很舒服，不停地跟父亲在电话里夸武汉人热情，夸读者对她照顾细腻，有修养，夸我们的房间大，但是她不知道我们住的是五星级的酒店。

后来北京读者见面会，我去的时候邀请了婆婆与孩子，又邀请来了父亲与母亲，对于我来说，最开心幸福的便是陪他们一起在长城上合影，留念。

昨天夜里我打开手机转账记录，开始翻看信息，发现现在的我月收入已经过了一万元，那时先生因为我月薪2000元没有办法帮他分担，偶尔会听到他的质疑，可就在这种质疑与压力下，我已经完全努力到了自己养活孩子，担负家庭开销的境地。

自从身边的人，从经济上得到了实惠后，他们开始变脸说话了，过去的嘲笑不承认说过，或者又转了话锋说，不支持我写作，仅仅是觉得我累。

因为不看好我能写书，不看好我能改变命运，不看好我离开国企能活下来，因此一家人没人愿意帮我照顾孩子，经常出去谈事情都是孩子坐在身边等待。

我一度绝望过，但是我没有质疑自己，因为我明白许多人看到的我是那个相貌一般、没有高学历、也没有显赫背景的我，因为他们觉得国企是我唯一的救命稻草，离开了那里，我只有死路一条。

然而事实上，尽管离开国企独立奋斗困难重重，但是我做到了。在许多人坐在高档餐厅侃侃而谈的时候，我可能在家里照顾孩子，当许多人坐在电视机前看综艺节目的时候，我可能在为写作班授课，当大家在外面忙着过各种节日的时候，我在努力给自己充电。

我即将出版自己的第三本书，也从之前在陈清贫老师写作班做授课老师，到自己做网络授课，前后为1000多名学员授课。

我把卡上的月薪2000元升级成了上万元，这中间我付出了多少个只有4小时睡眠的日夜啊。

但是风雨过后，就会有彩虹，那些质疑你的人，会因表面的落魄嫌弃你，再后来也因为你表面的光鲜而改为喜欢你，但无论别人怎么看，作为自己我们始终要记住，我们是那个可以与川普站在一起的"马云"，我们需要的不是他们的理解、支持，而是自我的坚定信念与勇往直前的勇气。

女人的魅力与事业有关

有一段时间 A 在家里写作，每天蓬头垢面，素面朝天，有人约，她也不愿意出门，亲戚朋友来家里看到的 A 也是邋里邋遢。后来母亲实在看不下去就让 A 出去工作，A 终于硬着头皮走向工作单位。

第一天到公司，A 看到的女孩个个身材高挑，衣着时尚，外表自然光鲜。就算没有 A 好看的女孩，气质也都比 A 好。

领导选了行政部一位相貌极为普通的女孩带 A。起初 A 并不觉得她在行政方面比自己优秀。可接下来的几天，她与公司法务部在调解一些棘手事情问题上的处理方式，以及领导带着她们一起出去谈事情时，她的睿智与气场，把 A 彻底征服。

接下来几天，A 除了学习她的处事方式，也会偷偷地学着公司女孩的穿衣打扮。以前在冬天 A 会把自己穿得像粽子一样，基本没有线条、曲线，穿鞋子也都是雪地靴，可眼前她们个个穿着衬衫、外搭、小裙摆。A 弱弱地向这位姓张的组长讨教，张组长带 A 到员工休息室让 A 看她放在公司的几套衣服，比如，出去的时候穿三分高跟，在公司穿五分高跟。如果领导需要她去见客户，职业装中也会带有几分休闲。

"可是你们穿那么少都不冷吗？"A好奇地走过去问。张组长让A看自己的蕾丝花边白色休闲衬衫后A才知道，原来A这个经常在网上码字的人已经OUT了，人家的衣服从外面看是衬衫，从里面摸是保暖内衣。A不由自言自语："现在还有这么好看的保暖衣呀！"张组长说："天猫很多呀，只是你从来没有了解过。"

是呀，A怎么会知道呢，她总是埋头苦写，从来没有想着要让自己做一个充满魅力的女性。

A按照张组长给她说的网站去找适合自己的服饰。当衣服邮寄到家，A发现，衣服很漂亮，可是A却并不适合，原因长期在家蜗居，A已经重了20多斤。

为了成为一名职业女性，A开始白天努力工作，晚上下班在小区健身房健身。

每天晚上A坚持去健身房跳操40分钟，接着再练30分钟瑜伽，之后才慢慢地散步回家。

效果不明显，每个周末A又开始游泳。一个月下来，A瘦了10斤，很多衣服穿在身上更加贴身，舒适，有线条。

此时自信提升，工作也变得得心应手。A渐渐地也知道如何搭配服饰，工作上也有人愿意主动与A交流，领导看A适应能力强，张组长休产假的时候，A升职了。

在职场摸爬滚打两年后，有一天A忽然见到了上学时一个被公认是校花的女孩，此时她已经成为人妻，做起了全职太太。

同学们约好晚上一起去KTV，校花跟曾经追求过她的男孩纷纷赶来。大家都想见见自己期待已久的女神，毕竟自从她结婚以后，便隐退在朋友圈。

因为听说自己的老公曾经的女神要来，同学们的老婆也都打扮得光彩照人。于是一群人蜂拥而至等待校花大驾光临。

A看人基本到齐，赶忙给正在家里照顾孩子的校花说："快点儿过来吧，大家都在等你。"

校花匆匆忙忙打了出租车过来，进门被眼前一个个熟悉且震惊的场面吓到。

天哪，曾经追求她的那些男孩怎么会那么帅，他们身边的女人虽然个个都没有自己漂亮，可为什么气场那么足？

夜晚每个人在一起聊着彼此事业上的得失，而校花一直在不停地看手表。有人问："你孩子上幼儿园后，你打算工作吗？"

校花说："工作？我感觉自己什么都不会，只能在家相夫教子了。"

追求过她的男生陈涛主动过来发名片说，如果愿意出来工作，要跟他联系，校花一看，某公司经理，笑着收下了。

聚会散后，A开车送校花回家，一路上校花坐在副驾驶沉默不语。过了好一会儿她主动奉劝A，千万不要做全职太太，这样不光没有经济收入，整个人也都废了。

A长期在家闷过，自然知道封锁意味着什么，所以A也劝她出来工作，校花战战兢兢地说："你觉得我可以吗？我好像什么都不会。"

A 笑着说："陈涛不是让你去他公司做会计嘛，你的专业马上就可以用上了。"校花犹豫很久终于喃喃地说："好吧，我回去跟老公商量一下。"

过了一个星期，校花把孩子托付给了自己的母亲，前所未有地把一头长发盘起来，穿上了一套公司的制服开始上班。

半年后她所在的公司签了一个大项目，公司请客吃饭，陈涛特意邀 A 过去，说是要表示感谢。

A 很纳闷，一个普通会计能给他们项目起什么作用呢？陈涛说，校花到公司很快适应，并兼任着他们销售部长的职位，工作能力特别强，眼看着要被对手公司竞争走的单子，经过校花一杯咖啡的时间，又回来了……

听到这里 A 更是庆幸自己也趁早出来工作，因为只有在职场中人们才能越来越充满自信与魅力。

优秀的你，一定会有幸福降临

今天无意间在朋友圈看到一个标题为"老公带着老婆去整容，每个男人都希望自己的老婆美美的，只可惜你的老公不舍得给你花钱"的广告，顿时觉得某些行业人已经利欲熏心，没有了正确的价值观。商人们开始利用各种节日进行情感与道德绑架营销。

许多微商为了卖自己的商品，说出带有诅咒的话。类似，你不用我的产品，你就会变老、变丑，你老公就会出轨！

还有，你到底是想活得像范冰冰，还是卖菜大妈？

我总觉得这样的营销弱爆了！简直是世界上最不会卖商品的人，在装自己是大老板。

我喜欢许多摄影师的营销，他们发朋友圈的时候不会说你不让我拍照，你就一定丑得掉渣。他们不会说，你们的美，只有我能发现。

他们永远只分享自己拍出来的最好的相片让你欣赏，你看了觉得好，自然会愿意联系。

互联网时代，恶意行销无孔不入，也潜入了我们的朋友圈。有的微商也是读书人，有的因朋友关系被邀请成为好友。然而，有的营销真心让人血压比股票涨得快呀。

爱美之心，人皆有之。我从不反对整容，相反这是科技的进步，只要不过度，能变美，有何不可？

可是老公舍得花钱带老婆去整容，就意味着这女人幸福？这难道不是因为他在嫌弃她的丑吗？

在我心里，幸福是多么神圣的词呀。不是因为你整容美了，就能幸福，也不是你丑，就会不幸。更不是，老公带着你去整容，就会后半生衣食无忧。

大部分相貌平庸的女人都很幸福，她们身边也不缺少追求者。有的单纯、善良，有的安静、有才，有的自由自在，随遇而安。

有能力获取幸福的女人，并不在意自己是否需要割双眼皮，或者垫鼻梁。她们知道与人相处，舒适度高于一切。

况且如果你只愿意与对方成为合作关系，更不需要"整"得让对方，看不到你的才华，就只想与你上床。

好想知道，那个被老公陪着去整容的女人，到底是自己嫌自己，还是对方嫌弃你？

在我看来，美丽的姑娘头顶光环，外表干净、内心纯粹。能明白得之我幸失之我命，不为了留住不属于自己的幸福，而刻意改变。

在这个复制脸的时代，人们太不缺少假美了，据说今年某选美比赛，参赛的姑娘们，几乎都是孪生姐妹。可想而知，复制脸真的已经不是奢侈品、艺术品，而快成为人人都消费得起的快餐了。

当人们都扎堆复制自己的时候，你万丈光芒的才华也会让你的幸福降临。

亲爱的，婚姻不是擂台赛

　　之前住在某小区，经常会听到不同楼层相继传来的争吵声。有的互相辱骂，先是从彼此的长相开始诋毁，第一句是我看见你就恶心，第二句是你快点儿滚，滚得越远越好。对方会不依不饶说，你跟我道歉，回答我，那个人到底是谁？另一个人说，你就是有病，神经病……

　　吵着不解恨，就开始像斗鸡一样开打。

　　一次我正在做饭，忘记关窗户，忽然孩子吓得撕心裂肺地哭。我从厨房出来，问孩子发生什么事了？

　　孩子钻进我怀里说，楼上叔叔打阿姨，阿姨在哭……

　　我仔细去听，发现哭的不止女人，还有三岁大的儿子。一家人不知发生了什么事，吵得像阶级敌人。

　　有的时候我会主动在窗口劝几句；有的人，你劝架，对方反而要骂你多管闲事。

　　久而久之，大家都让着打架、吵架的那些人，觉得他们在气头上，应该被原谅、被包容。大概就是这种纵容导致更多的人，不愿意克制心中的怒火，更不愿意包容曾信誓旦旦相爱一生的伴侣。

　　到了成都，租住在音乐学院厚街的单身公寓。房间在五楼，住我楼顶的一户人家经常半夜摇滚，偶尔喝大，隔三岔五就打架。

两口子似乎脾气都不好，两个人先是争得面红耳赤，接着就摔得天翻地覆，住在五楼的我，整个神经都卷入了这场风波中。甚至就连躺在怀里的孩子也被这种惊心动魄吓得蜷缩在一起，不敢入睡。

忽然想起来，经常打架的这户人家，家里还有一个五六岁的孩子，想他此刻该是什么样子?

在孩子的心里，父亲是一棵大树，他则是树下的小草，母亲是树下的花朵，一家人在阳光的照耀、雨露的滋润下，茁壮成长。

可生活却打碎了孩子的梦。他最亲的爸爸，在爆发脾气的时候，会用重重的巴掌打到他妈妈的脸上。一向温柔、善良的妈妈在与爸爸吵架的时候，变得暴躁、疯狂。他目睹着爸爸和妈妈拳打脚踢地展开家庭擂台赛。

孩子开始重新树立人生观，重新思考什么是婚姻，什么是家?家就是偶尔的平静与接连不断的暴风雨吗?

家就是世界上两个最亲的人将语言变成刀，刺穿彼此的内心吗?家就是最爱的爸爸与最亲的妈妈两个人互相残杀吗?

父母用言行解读了家的含义，让孩子这辈子都不愿意用心呵护、经营它，在他本该无忧无虑、单纯、快乐的年纪就开始经历恐婚。

许多人恐婚是一夜兴起的吗?那些真正恐婚的人，多半都曾经历过父母婚姻的阴霾，或者身边朋友家庭的不幸。

所以，当法律还没有开始约束人的情绪的时候，先试着用文化熏陶自己。让我们尽可能都自我教育、自我完善，改不了坏脾气，也请学会克制情绪。毕竟，没有一个人结婚的时候，是为了买一张擂台赛的票，恋爱的时候，选一个陪自己打拳的对手；生一个，厌世的愤青，老了被他虐待……

倘若你我都懂，就会明白，家是最好的学校，除了教会孩子宽容、善良、感恩，也要努力学会幸福。

如果你真的喜欢那样的生活

时间过去那么久了，我大概都忘了过去有一个女孩那么固执地在家人以及男友的反对下去了非洲。

只是一见到朋友、读者，一定会有人让我再一次谈起这段故事。说一次觉得精彩，说两次觉得回味，说的次数多了，你显然觉得有点儿寡淡。有时他人再问，自己甚至都不愿意再提。可是，你能发现，总有那么多羡慕的目光，等待着你把这段传奇的旅行分享给他们。他们听你程序式地讲述完，之后便会由衷地说一句，我也很想去一次非洲，真的太向往了。每当有姑娘这么说的时候，我总是觉得，这个世界上原来还真的会有人喜欢非洲。当然我说的是除了三毛，除了那些去非洲淘金的人。

紧接着，你会听到，姑娘紧锁眉头补充一句，可惜，我男朋友不让我去，我妈妈不让我去；可惜，那个地方太乱了。

姑娘顾虑太多，我便会安慰，去一些发达国家走走吧，非洲确实不适合普通人去旅行。因为你根本不知道下一秒钟自己的遭遇是什么。

相反发达国家每天都会有很多的华人在那里旅行，做生意，无论走到哪里，语言不通，都可以去找一些同胞来帮助自己解决语言障碍，或者住宿问题。

非洲更多的时候要靠自己，即便偶尔能碰上华人，可能他们也很少与黑人打交道。姑娘接着说，其实除了非洲，我还很喜欢美国、法国这样的发达国家。我说，喜欢就去呀。

姑娘说，没钱呀。去一次美国要很多钱呢。

听到这里你就知道了，其实这个世界并不是所有的人，都会真的喜欢你所坚持的生活。或许，他们只是羡慕，那种羡慕不是因为非洲，不是因为美国，而是因为勇气和坚持。

我是一个非常贫穷的人，有时候一年都不买一件衣服。可是我又觉得自己非常富裕，不是因为有人养着，而是精神世界充足。

金钱固然能满足我们对物质的需求，却难以承载生命赋予我们的意义。因此即便节衣缩食，我总要坚持去买一张车票旅行，买一本书阅读，买一张电影票去享受视觉盛宴。

有人问我，我很喜欢某一个地方，可是我男朋友不让我去，我怕我妈妈生气，我怕丢失这份工作，我该怎么办？

我不会鼓励你放弃一切去选择一意孤行，但是我也不会劝你用自己的生命来讨好他人。如果你爱一个人，除了给他物质，给他荣耀，同时要让他感觉到你的幸福。如果一个人只是为了自己的快乐，来阻止你幸福，你有必要告诉对方，爱是爱，孝顺是孝顺。世间表达爱的方式千千万，为什么非要用限制别人的自由来衡量你对他的爱？

多年前，父母因为我要坚持去非洲而生气，甚至说不想要我这个孩子了。多年后，我因为在那里磨炼了自己，没有了原有的娇气、懒惰，对工作与生活更加懂得珍惜，他们嘴上没有觉得这次远行对我有过什么帮助，可是能看出来，后来我在做出任何决定之前，他们都知道，这个决定我不是突发奇想，不是任性而为。随着我读者的增多，身边的人也更加羡慕我。虽然写作不能从经济上直接造福家人、朋友，但是很明显，我赢得了大家的尊重与支持。

那些一直拒绝、反对你的人，在你对某件事情的执着与坚持下，最后都会崇拜与仰慕你，因为他们缺少你身上才有的那种勇气。

说到这里，你大概明白了我的意思，如果你真的很喜欢一件事情，就坚持去做吧。不要总是用自己的人生去羡慕别人的生活，那些羡慕不会真正带给你成功、幸福、充足，只会让你更加自卑，更加缺少对生活的希望。

爱从来没有失忆

　　他是单亲家庭长大的孩子，从小父亲离世，只有母亲含辛茹苦地拉扯他。白天母亲去钢铁厂做工，晚上就摆地摊卖自己做的鞋垫子和批发来的手套、袜子。

　　就这样所有人都质疑的小男孩，在别人送来的旧衣服堆里长大了，他先进了 TCL 电器厂造电视，后来转行去卖水泥，又后来自学了土木工程，毕业后开始做房屋建设。

　　十多年的摸爬滚打让他有了坚实的物质基础，然而接着他娶妻生子，生活疲惫却很顺当。直到给母亲过六十大寿的时候，他们一家人坐在一起吃饭，忽然母亲就抚摸着他的脸，叫着父亲的名字，念念叨叨。他跟妻子都很诧异，以为母亲眼睛花了，吃过饭他们就带着母亲去了医院检查，医生告诉他们，母亲得了阿尔兹海默症，俗称老年痴呆。

　　他一下子眼泪就出来了，这么多年为了家庭奔波、操劳，他一直都没有带母亲出过远门，按原计划，他想这两年陪着母亲去她一直惦记的北京走走，听说那是当年她与父亲一起去过的唯一城市。

　　阳春三月，他带着母亲出门了，因为怕母亲走丢，他与妻子都格外小心。出门的时候，像哄孩子一样，在母亲的衣服上，套上了一个电话号码。

怕母亲晕机，他们选择了高铁。看着母亲在卧铺上恬静入睡，他便与妻子轮流守护。

到了北京，他让妻子去买票，自己陪着母亲。然后他们参观了天安门、故宫，去了颐和园。

他以为这样的机会，与母亲多交流，会让她重新记起自己，然而母亲始终拉着他的手，喊着父亲的名字。

回到上海以后，他留下母亲与妻子，直奔出现事故的施工一线。妻子让母亲留在家里，自己出门买菜。

她心想，那么累，母亲既然睡了，就不可能独自乱跑了吧？

可是母亲很听话地睡着后，妻子出门买菜，再回来的时候，防盗门敞开着，家里空空如也……

妻子着急地给丈夫打电话，丈夫却被遇难者家属不依不饶地抓着不放，因此他暂时安排了司机回去辅助妻子寻找。

夜里，他松了一口气，打了车就往家里赶去，这时手机忽然响了，他赶忙接通。

打电话给他的是曾经他居住过的老城区弄堂一家火锅店。

他让司机掉头，直奔那条小时候捡玻璃瓶、捡纸箱子卖钱的弄堂。这是上海迄今遗留不多的小弄堂。正街口有一个百年老字号火锅店。

那时他们还很穷，每次他想吃火锅，都会站在那家店门口去闻香味。母亲有一天知道后，咬牙拿出半个月的工资，请他吃了一顿。他点了自己喜欢的金针菇、油麦菜、牛肉卷、鸡肉……

下车后，他迈着沉重的步伐进了这家店，母亲就坐在当年他们一起吃火锅的位置，拿着菜单对服务员说：给我点金针菇、油麦菜、鸡肉，还有不要太辣，我儿子不能吃辣……

他从母亲的背后缓缓走过，眼睛红肿，声音哽咽，他说：妈，你认出我来了吗？

母亲还是说了一句，军呀，我给咱儿子点的火锅菜，他最喜欢吃这个……

这个世界上有一种爱，会抵挡千军万马的侵扰，会扛起夹缝中巨石般的压力，会不离不弃地在你生命中呵护、陪伴，但是这个人经不起岁月的洗礼、冲刷，会老，会长皱纹，腰会驼，耳会聋，声音会哑，生活会不能自理，但是她可能一辈子都不会忘记孩子的生日，不会忘记孩子爱吃的味道……

女孩你要善待光阴

高中那年，网络流行一种叫劲舞的游戏。那时我几乎每天都会躲在网吧，把父母给我的生活费充值到网卡中，然后打开电脑，直接走进"陕西红树林区"，选几首速度很快的歌曲，接着开始随着音乐的节奏，按着上下左右键来跳。

如果人生只有上下左右键那么简单便好了。可整整跳了三年之后，我没有在游戏里称王称霸，赢得皇冠，却在生活中与我理想的大学失之交臂。后来我被现实丢弃到社会上。每天在职场上中规中矩地做人做事。

时隔半年，一次我无意中又走进了"陕西红树林区"。我在别人的房间跳了一把188速度的8键，马上就有陌生男人对我说：走，我们去开个房结婚吧？对了，下次跳的时候，记得要三个抱抱……

过去为了在这个游戏里有名气，我还特意给游戏人物买服装、饰品。现在，再一次走进游戏，听着过去熟悉的语言却极其厌恶。

游戏分房间，每个人可以用文字自创房间，之后会有人根据房间的名字慕名而来。有的人房间名叫"求结婚"，有的叫"求偶遇"，有的叫"一夜情"，有的叫"我要烧房"。一次我在游戏里与人发生过争执，半夜在网吧给熟睡的同学打电话，起床，来帮我烧房！

那时这个游戏很火，网络语言似乎人人皆懂。因而关系好的几位同学会忽然半夜都爬起来在自家电脑开始玩。我们赢了那个进来说要"踩"我的人之后把房删掉，再自我膨胀地说"烧了"。

正当我目视着冰冷的屏幕发呆时，一个网友弹来视频。我没有接，随之看到他说，快来游戏，红树林区，房间叫"我爱你"……

是谁玩坏了爱情？为什么近年来分手率高了，离婚率高了，真爱率却低了？是因为这样珍贵的爱的言语已经在网络上泛滥成灾，致使人们听到"我爱你"就像听到"你吃饭了吗"一样正常？

在各种复杂的情绪中，我退出游戏，关上电脑，退掉网卡，孤独地走出了网吧。在灯火阑珊的大街上，我淋着秋天冰凉的雨，思考我人生的方向。

我真的要嫁给电脑吗？真的要一辈子盲目度日吗？不，我的人生绝对不是这样的。我清楚地意识到生命的可贵，它从来不向我们发问，不责难，也不警告。可它默默地用时光记录着，流逝着，直到有一天它用漫无边际的平行线来宣告我们离世……

我没有再嫌弃自己的高考失利，而是重新鼓足勇气参加成考，并且顺利考入了西安文理学院汉语言文学专业。

在知识的海洋里，我感觉到生命的圣洁与厚重。阳光打在图书馆的落地窗前，我看着每一寸光阴的离舍，似一根沉香在炉火中静静燃烧。

我感恩自己的自省、自知，感激那浑浑噩噩的经历让我意识到前途的重要。我树立了目标，立志成为一名优秀的作家。

我把洒落一地的光阴，像米粒一样，一颗一颗捡拾起来，全部积攒在一起用来阅读与书写。我虔诚地为自己拜师。

我出过书，写过剧本，在报刊上发表文章。一切都在努力之下，并仍然继续努力着。

时过境迁，我自觉老了许多。可这样的老让我觉得幸福，它附带着我的成熟、聪慧、知性。每当我看到有女孩像过去的我一样挥霍着光阴，就会无比心疼。

我们都会老的，是穷困潦倒、孤苦伶仃地孤老，还是丰盈富足、幸福地到老，我们都要好好想想，因为只有想清楚了自己需要什么，才能努力去实现它。

你为什么要对爱的女人强势

　　中国女人大部分是没有强势"资格"的，每当我听到哪位男士在对处于感情危机的女人提问时说：是不是你太强势了？我就觉得很滑稽。

　　我记得有一次朋友约了几个人一起聚餐，那几个人是真的很大男子主义，我们在共同探讨一个问题的时候，产生了激烈的争议，其结果是他们觉得我太强势，我想在气势上压倒男人。

　　但事实上，在中国，女人根本没有"强势"的优势。一个孕妇每天挤着地铁去公司，如果怀孕期间身体不适再请长假，过段时间，在一个萝卜一个坑的地方，你的坑就被一杯茶、一杯咖啡、一双高跟鞋、一瓶香奈儿、一个媚笑，当然也有可能是一份敬业的态度给替代了。

　　许多女人在家里，不仅没有强势的优势，而且经常是被对方强势着，原因是我赚钱养着你，你就要听我的呀。

　　我一个朋友最近谈恋爱了，对方说很爱她，但是她却哭着要选择分手。我问她为什么要分手，她说对方太强势了。

　　我的朋友很优秀，很少愿意去要求一个男人陪自己逛街，平时怕他太忙，也不去打电话打扰。两个人一个月会见两次，每次在一起都非常愉悦。但是她说自己有压力，因为偶尔她出去应酬，她做事情，他都希望按照他的想法去处理，而且他脾气不好，两个人开心半个月，就一定会有一场狂风暴雨。

每次她被对方的一句不经意的言语重伤，半天都开心不起来，而他却总是理直气壮地说自己之前谈的那个，每次说她，她就只能乖乖听着。

朋友说，我想要的是一份平等、互相尊重的爱情，而不是像父辈那样，女人伺候着男人的衣食住行，却因为男人那一句我养着你，就要被骂得像个孙子。

可能吧，他欣赏朋友的地方也是独立、自主、不拜金、有思想。但是他却用对待一个忙着拿男人卡购物、上美容院、去健身房、整日吃喝酒玩乐者的态度，对待了她。

有的时候，我们很爱一个人，却因为爱的方式错了，导致自己与一段美好的爱情无缘。朋友提出分手之后，对方竭力挽留，但是真正的爱情需要的不是挽留，而是"革新"。

女人分很多种，男人也一样。有的时候我们上一段感情遇到的是一个喜欢依赖、喜欢黏着、喜欢被那么一点强势驯服着的人，而下一段感情我们却渴望遇到一个优秀的，有点小经济能力，甚至在精神上有点见识的人，那么这个时候，我们就不能再像对待上一个人那样去对待她。因为优秀这个词里涵盖着"独立"这一条，当下许多女人在经济上已经能独当一面，她们需要的是相互关心、相互包容、相互支持，这个人不需要"养着自己"，但一定不能骂骂咧咧，吼自己。

优秀的人，渴望的是一份高质量爱情。这种所谓高质量中包含了思想交流、经济相当，同时包括了家教上的"门当户对"。一个"秀才"如果总是试图对一个"兵"讲理，那么他要不就被"暴力"了，要不，"兵"就会被折磨疯了。

爱情与婚姻里不怕争吵，因为争吵也是在磨合。但是爱情与婚姻里害怕的是"套路"，就是你用对待上一段感情积累来的经验，来对待眼下这个人。那个人你骂下贱、骂作、骂吸血虫可能对方都不介意，因为她爱得没有底线，也没有底气。但并不是所有人都愿意让最爱的人用非常暴力的一面与自己相处。

倘若我们真的喜欢当下的人，就该去调整思维，用真正适合你们的方式恋爱、经营婚姻，这就是我说的"革新"，废除上一代人的婚姻观念，创建真正适合你们自己的相爱方式。

感谢生命里，那些替我们抵御风寒的人

古城西安的天，昨天开始就像一张古怪、阴沉的脸，今天一早醒来发现，竟然下雪了。我还在满怀期待等着夏天，因为西安是一个几乎没有春天的城市，有的时候你以为还在冬天，走在大街上就看到有少女穿着石榴裙在飞奔了。

从窗外看去，清洁工们已经把人行道的积雪清扫干净，有人穿着大衣，头缩进衣领，迎面飘洒着鹅毛大雪。

原计划今天要去看一场电影，顺便去超市买一些食材回来，因为家里的冰箱昨天已经空空如也。可这下更没有勇气出门了，饿得饥肠辘辘，迫不得已拿起手机叫了美团外卖。

送外卖的是一个胖乎乎的、裹得严严实实的小伙。他一边微笑着说抱歉，一边递给我用白色塑料袋装的两个大小不一的餐盒。

我问他，今天应该叫餐的人不多吧？

他笑了笑说，今天叫餐的人比往常都多，因为本身就是周末，而且外面下雪，许多人都不想出门。

说完，他就冲我挥手，消失在了楼梯间。我猜想，他又去为下一个因为下雪，因为周末不想下楼的人送餐了。

那些每天骑着电动摩托车，穿着"美团外卖"工作服的男人，我时常会在小区门口遇见，有的时候会帮他们打开门，让他们顺利进入小区，有的时候是看到他们站在一家餐馆门外等待新的订单。

对于他们来说，似乎最冷或最热，别人最不愿意工作或出行时，却正是最需要他们的时间。

因为此时，有许多人对恶劣的环境选择了妥协，也只有他们迎难而上。

交通警察，我们称作马路吸尘器，无论严寒酷暑，为了每一个行人的安全，都在站岗执勤。清洁工，每天我们开始奔波于公交、地铁站的时候，他们已经扫完了第一波马路。我们嫌弃午餐难吃的时候，他们坐在商店门口的角落吃馒头。送水工，无论夏天多热，都能看到他们开着三轮车提着几十斤重的水桶，楼上楼下地颠簸，而且天气越热，人们喝水的频率越高，他们则越是辛苦。

我坐在房间吃着热气腾腾的冒菜，开始想这些平凡岗位，最不起眼的人，我们在办公室吹空调的时候，他们在炎热中暴晒，我们的暖气房闲聊的时候，他们在寒冷中飞奔……他们也有着一个幸福美满的家庭，有一个可爱的嗷嗷待哺的孩子，他们每一个人都是可以喝酒、谈梦想的人，然而却做了替我们抵御风寒的工作。

我不想做一个只会赚钱的"穷人"

我有一位非常要好的闺密，在我认识她之后去拜访过她的父母。一对地道的南方人，一生简朴、安逸，没有宝马、豪宅，却也悠然自得。

我的闺密朋友，最初是某大学的任职教师，月薪在 6000 元以上，这在大多数人看来是非常光鲜、亮丽的工作；至少曾经我也这么认为。

但渐渐地我发现，闺密每天晚上忙着为白天备课，白天忙着上课，她能够自由阅读、写作、旅行的时间少之又少。外加我们这一行过段时间还要去某一些城市做一些读者见面分享会，所以闺密犹豫了，想离职。

我当然支持她，但是我考虑最多的是，那一对老人是否会支持独生女？毕竟我们还是作家行业里的新人，版税不高，也没有固定的薪资，如果离开学校只做撰稿人，意味着只有很低的经济保障。

过了半个月时间，我打电话给闺密的时候，她说最近忙着办离职手续，我很惊讶，真的吗？叔叔、阿姨支持吗？闺密很淡然地说，支持呀，工作得不快乐，肯定不能强求的，我父母很理解我。

那是我第一次感受到被父母理解、支持的快乐，虽然事情没有发生在我身上，但我却非常替她欣慰。

回想我离开国企的经历，父母的指责依旧历历在目。在他们看来，国企是一个人一生的铁饭碗，是长期饭票，就像一个女孩跟一个大款一样的感觉，只有傍着国企的腿，才能过好后半生。

如果我们的需求这个企业可以给予，那么我们可以安心工作。可是我们想要的生活，与企业截然相反，便注定迟早离开。

开始过撰稿人的生活以后，父亲经常会用金钱来衡量我现在从事的工作，不赚钱，没知名度，也没名堂，不知道你为什么离开那里？

我记忆里的父亲是一个很支持我写作的人，在我还不知道未来要成为作家的时候，他为我跋山涉水去那么远的县城买作文书，为我订报。可是多年后，父亲对我的人生有了不一样的要求，他觉得人需要有一定的物质基础，才能过得幸福。

谁不喜欢钱呢？说不喜欢钱是假的，但前提是，不能只为了赚钱活着。

我身边一些有钱的朋友，经常建议我跟他们一起做点事情，有的说，没有钱你哪里有心思写作？有的说，你是作家应该有自己的别墅、宝马，这样就更励志，更有作家魅力了。

的确，有钱的好处很多，我也希望自己可以坐拥别墅、宝马。有一句网络流行语说"不在自行车里笑，而是在宝马车里哭"。我曾经在国企工作的时候，一直骑着电动车，也的确感受到了，骑电动车与开车的差距。

冬天的时候，别人穿两件衣服，而我需要穿四五件。夏天的时候，别人皮肤白皙，我却面部黝黑与粗糙。哪个女孩愿意这样笑呢？笑得出来吗？

所以，我并不希望大家都做贫穷的高尚者，但是我更不提倡每一个女人成为有钱的穷光蛋。

我的朋友很有钱，媳妇的工作就是花钱。去美容院、健身房，去KTV、旅行，她过着天上人间的生活，也一直伺候老公吃喝。但是朋友并不满足，因为他眼里的妻子是一个只会花钱的人，这样的人对自己的人生没有贡献。

虽然她每天精致、优雅，却总少了那么一点魅力。后来不久，朋友喜欢上了一个很有才华的女人，两个人一见如故，并相谈甚欢。

有的时候我们以为一个人有了钱，有了好的物质，就可以安心去写书、去读报，但是当一个人内心只有舒适、安逸，只有享乐的时候，精神已经变得堕落。

在读苏格拉底这位伟大哲学家作品的时候我发现，他的一生很清贫，饭不多吃，衣不多买，用了毕生的心血交谈与思考。最终他的作品成为经典，并广为流传。

固然当今的作家也有非常有钱的人，甚至说人们都向往美好的生活，可我并不希望自己将过多精力花在与创作与阅读无关的事情上。因为生命短促，你来不及索要太多便即将结束。

人生就像一篇文章。你拟定了标题，就努力围绕主题去做。多余的部分，最多只能作为插叙，却不能作为核心。

我选定了做一个能创作出经典佳作的真正配得上作家标签的人，因此我便做好了要在清贫中坚守孤独的准备。用一生的质朴去写幽兰的文字，去记录该被留在历史一角的事物。

同时我也希望，那些真正爱我的读书人，能够以后去理解将文字视为灵魂与生命的人，不要总与她谈及金钱的重要，以及物质的美好。

没有谁不懂幸福需要物质积淀，但是有的人今生所走的路，有可能绕开了他人眼里的幸福，有可能绕开了美好的物质生活，却固执坚守了自己的内心，以及对文字最大的敬重。重要的不是选择了什么，而是对自己的选择无怨无悔。

我是一个吃过苦的人

我从小与奶奶、哥哥一起生活，过惯了无人过问的日子。离婚了，忽然身边莫名多了嘘寒问暖的人。

我记得最初几天，家里络绎不绝地有人来安慰我，就好像离婚是一件丧葬之事，要节哀顺变一样。

但事实上，我们婚姻的瓦解并不是谁出轨了，也不是吵得天翻地覆，而是觉得凑合是生命最大的敌人。而且凑合在一起，不仅是不尊重自己的幸福，同时也让孩子感受不到家庭温暖，因为这样，所以两个人和平解决，房子、车子归他，孩子监护权暂时归我……

家里人不甘心，觉得房子明明有我的名字，为什么不归我，而且我还要抚养孩子。在我眼里，孩子是父母的心脏。孩子无论与谁生活在一起，对另一个人来说要承受的都是长久的思念。大概是怕自己内疚，我主动放弃了房车产权。

前段时间读了英国王子与王妃离婚后，以朋友相称。在回答记者问时他们说之所以要这样，是因为要将对孩子的伤害降到最低。因此我给对方的建议是，姻缘尽了，续写友情。他冷笑一声，你想得太美好了。

言下之意，两个人应该怎么样去处理这层关系呢？我不得而知。

但是接下来连续两次催促我搬离房子，带着三岁半的孩子在寻找出租屋的几天时间里，我一边疲惫奔波，一边用心去解读人性。很快我搬离了这个盛放着我太多记忆的房子，我为自己租了一套非常温馨、舒适的家。

过了几天我跟孩子父亲提起抚养费的事情，他说以后每个月月初会给，我以为这是一种人道主义精神。但是仔细看了一下抚养费的时间，他很聪明，这样做的原因是少付一个月的费用。

孩子一个月的抚养费他填写到单子上时是1500元，我考虑到以后他会重新组建家庭，怕对他生活带来不便，我说给1000元即可。我总觉得，我这个喜欢写、不喜欢说的人，所做的一切事情都可以被理解、认可，或者说至少短暂性的你会感恩。但是这一个月抚养费的事情，为了证实他不是粗心，不是忽略，我去求实，他义正词严地说3月23日离婚，当然要从4月份给了……当他说那些话的时候，就好像一个乞讨的人在于一个施舍她的人讨要一口饭，而且这口饭是给陌生人的。

对的，一个人最极致的绝望是目睹着一个孩子的父亲如何从不尽义务到最后不愿意给抚养费。这样的故事到了别人的嘴里唯一被信服的理由是，这个孩子不是他亲生的。我倒也是笑笑，毕竟这样说的人大部分是善良的，因为只有那些能做得出来此事的人，才会觉得这在情理之中。

一切在换本的那一刻恢复了人的本性，贪婪与自私。值得庆幸的是，这段婚姻拖得太久，苦得太久，我已经麻木；所以真正领证的时候，我并没有多少痛苦与难舍。

长期在大山里生活的家人们，一听我离婚了，纷纷都进城来安慰，我说至于吗？没什么大惊小怪的。

后来所有人都对我说，以后吃苦的日子还在后头。

其实我从小生活在山村里，记事起在乡下的那满是粪便的厕所拔过草，也长期使用过爬满蛆虫的卫生间，我读小学的时候，教室里没有电，早读都是点蜡烛，同学们的早餐都是辣椒面。

一年级时得了胃病，从来不知道告诉家里人，每天早上早读时间我都咬牙坚持忍着，一直到第二节课才能停止疼痛。

12岁之前，我正儿八经吃的第一顿饭，我们叫晌午饭就是玉米粥与腌制的白菜，晚饭永远是一碗汤面，几乎没有吃过炒菜。

唯一能见到各种菜品的，是乡下人的红白事，而我们这些孩子过于懂事，家里人不给盘子捻菜，孩子再喜欢，也从来不敢动筷子……

这些苦只是一部分，在山村读书的那几年，每天都会有老师的体罚。问题回答不对要打耳光，写错作业要打手心。从小学到初中这种体罚每天延续。直到我在初二那年，因为喜欢写作，喜欢与爱好文学的朋友通信，被以"不务正业"罪用板凳腿打肿了两条腿之后，我不再愿意忍受，而是选择了转学。

什么是快乐的童年？我们这山村里的孩子感受不到。由于父母做工程长年在外，一旦我生病，更多的时候奶奶选择了"拖着"。我也不懂为什么会拖着，那时我总觉得可能所有的孩子都是这样长大的。

进城读书后，我的同桌是一个皮肤白净的女孩。她一口标准的普通话，像看一个"留守儿童纪录片"一样地望着我脸上的高原红，听着我土得掉渣的方言。我问的第一句话是，你们这里的老师打人吗？

她微笑着善良地摇摇头，在她的眼睛里我看不到恐惧，而在我的心里，感受不到踏实。但是后来的三年初中生活，我不仅没有被打过一次，而且老师从来没有批评过我一次。这种地狱到天堂的生活让我记忆犹新。

然而，由于我土生土长在乡下，在城市生活得并不愉快。我缺少朋友，所以我更多的时候在看书，在写字。

我对文学的热爱是用相依相伴来说的。因为生活得清苦，需要一种安慰，这种安慰不是父母的爱，不是周围朋友的陪伴，而是在书中疗伤，在书中寻找方向。

读书是非常愉快的一件事情，特别是读自己喜欢的文学作品。最初我看的只有张爱玲、朱自清、老舍、巴金的散文，后来读一些畅销小说，知道了韩寒、郭敬明、七堇年、张悦然等一批80后新秀。

13岁的时候我为自己埋下了文学梦想，把原本每天的10元生活费一半攒下来买书。生活最简单的时候早上吃一包5毛钱的"老北京"，中午一碗凉皮，晚上一个荷叶饼与一碗稀饭。与我同一宿舍的女孩每天牛奶、面包、炒菜、米饭。她们看不起我这个"穷酸"的女孩。但是他们的父母或许在经济上并不如我那个"盖房子"的老爸。我"穷酸"是对生活的要求不高，是不愿意奢侈地花掉父母的血汗钱。

参加工作以后，我时常习惯性去地摊淘一些看着舒适的衣服，也经常被父亲训斥。但我过惯了简单、粗糙的生活。干干净净是我对生活的态度。不仅穿得干净，做人也要干净。我甚至不去化妆，不愿意挥霍时间与金钱去做我认为没什么价值的事。

大概因为这样，我一直不是一个爱情顺当的人，不会撒娇，不会保养，不会精致。

也可能是儿时吃苦的积淀，到了非洲生活这一年，我骨子里的坚强一下就释放了出来。先是学开叉车，接着24小时连续工作，又是每天吃重复又过期的食物，在太阳的暴晒下默不作声地工作，在一个从来没有假期的院子里昼夜不停地发货、卸货。

我对苦的理解是"磨炼"，是对心智的磨炼，以及对生活态度的锤炼，到最后是对文学作品的一个扎实的积淀。

所以我从不拒绝吃苦，也不害怕吃苦。当他们危言耸听地说，以后你吃苦的日子还在后头。我就很想哈哈大笑，28岁了，我哪一天拒绝过吃苦、害怕过吃苦？哪些苦没吃过呢？

从肌肤之痛到心痛，从上班后经济贫瘠的恐慌到如今依旧的恐慌，生活不曾发生大的变化，唯一让我欣慰的是，我开始愿意坦然接受一切狂风暴雨。这就是吃过苦的人，对生活的态度。

谁说生活不能像做梦一样

在众多友人中，我唯独称作男神的便是已经走过7大洲，56个国家的80后男孩北石。

认识北石在一个作家微信群里，得知他正过着我们做梦才有的生活便无比羡慕。后来相继在央视新闻、旅游卫视、辽宁卫视、北京卫视等频道见到过对北石的采访、报道，便更加羡慕。

近些年来，一句名为"世界那么大，我想去看看"的短句火遍网络，后来同名书籍也登录各大书店。80后的一代人，有许多人过着既朝九晚五，又浪迹天涯的生活。

然而在许多人看来先赚钱，后旅行的生活，在北石这里既可以浪迹天涯，又可以赚钱养家。

前不久北石发了一张朋友圈晒图，常年漂泊在外的大男孩，在我看来一直是将梦想放至首位，却不曾想，他竟也会如此孝顺。年仅29岁，不仅在世界各地，甚至南极留下足迹，如今刚回国，就给父母花钱买了房子。

对大多数人来说做梦才能拥有的一切，却是北石每天经历的生活。

我曾委婉问过北石，可能许多人都有环游世界的梦想，然而却在众多人中，只有为数不多的你实现了。我想知道，你是不是一个"隐形"的富二代？

北石非常有亲和力，也很开朗，这与常年走在路上有一定关系。当下稍有知名度的公众人物，都会说话时摆出各种架子，可这个微博粉丝 56 万的旅行达人，却令我真切感受到了旅行练就出来的豁达。他哈哈一笑说："其实我的旅行经费都是众多公司赞助，因为一路走来，我也都在帮他们宣传、推广；同时我也一直给国内多家旅行杂志写专栏，而且同时经营着自己的微信公众号。"

所以说，旅行既是幸运的，也是勇敢的。毕竟不是所有人都能够有勇气这么年轻就踏出国门去往世界各地。

我有一些非常年轻、优秀的读者，他们也很喜欢旅行，有的朋友认识我也是因为我之前去过非洲国家。与北石不同的是，那贫穷、落后的地方我只生活过一年，积累了一些去往非洲国家生活的经验。

而北石却用一口流利的英语走遍了世界各地，从亚洲的阿富汗、伊朗、尼泊尔、印度、斯里兰卡、以色列、巴勒斯坦到非洲的索马里兰、埃及、苏丹、埃塞俄比亚、肯尼亚、留尼汪，再到欧洲的俄罗斯、希腊、意大利、梵蒂冈、斯洛文尼亚，再到北美洲的加拿大、美国、墨西哥、古巴，再到南美洲的哥伦比亚、厄瓜多尔、秘鲁、玻利维亚、智利，再到大洋洲的帕劳、南极洲的南极半岛，总之凡是地图上能找到的，似乎他都走过一遍。

两年的环球旅行中，他曾在阿富汗被战火摧毁的巴米扬大佛面前落泪，曾在伊朗冒着违法的风险饮下一杯酒精饮料，在危地马拉遭遇入境海关的索贿刁难，在美国遇到曾去甘肃张掖支教三年的沙发客室友，在玻利维亚经历了丢掉所有行李与证件的绝望。说到旅行的意义，这个足迹踏遍七大洲的年轻人说起了两个词：快乐与自由。

每一次启程出发都是生命一次新的体验、收获，途中北石经常会分享他与各国旅行达人的合影，以及不同国家的风俗、活动，甚至他们正在享用的美食。

北石说自己在旅行中收获最多的就是快乐。因为他在第一次踏出国门之前，真的不知道会有那么多好心人帮助。他说有一次在一个伊朗人家里休息，他与主人原本都睡在大厅，可是那天主人感冒了，早上他醒来发现主人睡在了外面，害怕感冒传染给他。那时他觉得自己非常感动。

生命是一条长长的线段，我们在这条线段上涂抹什么内容，完全是自己的选择。有的人从不敢做梦，有的人把我们的梦过成了生活。

书籍会带你去往哪里？

搬家时，家里人想扔掉我过去捡来的两个轮胎，我并未同意，因此它虽然破旧，却依旧同我一起住进了这个有落地窗、大阳台的新房。

记得读书的时候，很希望有一个笔筒，但那时还不舍得买，便用易拉罐瓶磨掉外壳，做了一个简易笔筒。笔筒的外包装是我的课程表，每天去学校带什么书，全靠课程表决定。

刚工作那会，月薪不过八百多，租完房子、吃住，也就所剩无几。那时想养花，还不舍得花几十块去买一个陶瓷花盆，公司的院落里有很多废旧的木头，我挑挑拣拣一些，公司一位年长的叔叔有手艺活，他叮叮当当帮我一会儿就钉了一个木制花盆。

谈恋爱后，想给男友生日当天一个惊喜，买了蛋糕，炒了菜，想如果能吃一顿烛光晚餐就好了。可是忽然发现少了烛台，我在自己收集的废品里挑出来一根硬铁丝，用手使尽气力将它盘成底座，再绕一个爱心的形状，又把最尖端朝上，接着用房间的红毛线绕了又绕，一个简单的烛台就上桌了。

生活中心灵手巧的姑娘很多，有人DIY手机壳，有人DIY背包，但是我喜欢DIY生活。

轮胎改成沙发，最早的灵感来源于作家三毛的一张在撒哈拉沙漠的家里，与荷西的相片。

那是一个家具极其简单的家，却富有情调与诗意。

我坐地铁去文艺南路买布料，选最喜欢的东北花布做成了两个大抱枕，又买了两片碎花布，回到家里洗洗涮涮轮胎，晒干。先放抱枕上去，再铺上碎花布；鼓鼓囊囊的一个沙发就做好了；接着坐在上面，趴在我的小圆桌上写作、看书，喝咖啡就非常惬意了。

有人说，生活的价值等同于你身边物品的价值，而我却觉得，生活的价值等同于我们生命的特质与色彩，或者说，等同于我们内在的智慧。

书籍可以让我们单一的思维变得复杂、多样，也可以让我们的生命丰富、有质感。不读书的人，看待问题只考虑眼前的利益得失，而时常阅读的人则从书本里学会了不同的思维。

最近干儿子要中考，我跟他开始研究起了考试作文，其中当然包括了掩耳盗铃、拔苗助长、黔驴技穷、狐假虎威等寓言故事。当然在给他讲塞翁失马的时候，他就觉得原来人可以这么聪明。

一个人丢失了一匹马，所有人都替他悲叹，他却笑了。他说，说不定这是好事呢。果不其然，过了一段时间，这匹马不仅自己回来了，而且还带回来了另一匹马。这时大家都欢呼雀跃，而他却开始皱眉，别人问他，你为什么不开心呢？他却说道，为什么要开心呢？这不见得是什么好事。结果不久之后，他的小儿子因为喜欢骑马，而从这匹马上摔了下来……

还有一则与之相近的告诫人们要学会换位思考的寓言故事。

一个老太太有一个大女儿卖雨伞，二女儿卖太阳帽。老太太整日愁眉苦脸，郁郁寡欢。一个聪明人过来问老太太为何每天这么不开心，老太太说：每天下雨的时候我就愁二女儿太阳帽卖不出去，可是天晴的时候我又愁大女儿的雨伞没人买。

那人哈哈大笑说，老太太你要这样想，每次下雨的时候，大女儿的雨伞有人买了，天晴的时候二女儿的太阳帽也可以卖出去了。

老太太一听言之有理，瞬间豁然开朗起来。

生活缺少这样的例子吗？有许多人丢失第一匹马的时候就开始怨天尤人，抱怨社会，抱怨亲戚朋友，有人捡到一匹马的时候又觉得自己发了横财。有人每天眼睛里只去盯自己没有得到的，从来看不到自己已经拥有的。

书籍教会了我们什么呢？先别说是否让你登上了皇帝的宝座，至少它能帮你看清楚什么是皇帝的新装。

倘若说苦难是一笔财富，那么对于那些一辈子都在吃苦却从来都没有真正站起来驾驭生活的人，这财富到底带给他们什么呢？

我那晚与周漠探讨关于如何将苦难转换为财富的话题，我觉得其实苦难本身并不能变为财富，甚至会让一个人生命暗淡无光；但是在吃苦的过程中，你给生活注入思考，注入苦难一些智慧，那么你与那些同样吃苦的人，会有一天出现很大的区别，你把苦难变成了弹簧，跳跃到一定的生活高度，而大部分人一辈子都在盲目地吃苦，盲目地受罪。

　　书籍的魅力就在于它帮人们开启了通往智慧的那扇门，人们拥有了这样的智慧，才能让所有的力气变为阶梯，最终通往理想的方向。

　　我总觉得，并不是所有人都能在石头上刻出雕像，也不是所有人都能在白纸上画出蒙娜丽莎，更不是所有人都能让黑白琴键流淌出《致爱丽丝》，那些拥有智慧的人，发掘了艺术，也让一部分生命从此有了灵魂，并且真正让心灵繁花似锦……

　　那些拥有情怀的人，总是能过得活色生香，而这一切情怀的来源，是书籍教会了我们如何去思考生命的价值。

我爱上了那个叫周漠的女人

我坐在阳台上，晒着太阳，喝着咖啡，开始写这个叫周漠的女人。

我甚至对她的了解不超过 1000 字，但是自从与她相遇那一刻，我便知道千言万语远不如我直接上前一个拥抱。我想说，于千万人之中，遇见了你。又或者直接说，哦，原来你也在这里呀！我记得坐在漓江的豪华轮渡上，她绵软的声音像四月的和风，我又很想对她说，嗨！你真是我的人间四月天。

不是这样的，其实骨子里我们最喜爱的是张爱玲，更爱的是三毛。她说，待我三十岁，如果我还是想继续去撒哈拉沙漠，她一定陪我去。

为什么是陪我去，而不是随我去，因为在与她相识之前，她已经去过了撒哈拉。一个人如果去过了厦门，再陪你去，他可能是愿意的。但是一个人如果去过了撒哈拉沙漠，再陪你去，那这个人肯定是爱你的。

在桂林的夜里，我们交流到凌晨三点，我经常会熬夜，但我不喜欢聊天，特别不会熬着夜与谁聊天。每到夜晚，我会陷入沉思，不说话，只听、读，或者写。但是我和她聊天的时候仿佛忘了时间。她越说我越喜欢听，越喜欢听，聊得就越久。

在阳朔古街，我们一前一后走着，她牵着小宇的手，像极了一个母亲。她说自己与小宇有缘，想到以后的冗长岁月里，这个暂时缺少父爱的孩子，又多了一个智慧过人的母亲，我便备感欣慰。很多时候两个人相知、相爱的深度，并不由在一起后的时间决定，而是取决于两个人谈话的流畅度，以及相处的舒适度。

为我们送药的人，陪我们吃饭的人，与我们旅行的人，可能远不止三两个，然而能在思想上契合，并不是那么容易。

有许多作者对自己读者的态度是，那个人一定不如我，不然他怎么会读我的书。与读者的交流停留在客套与寒暄表面。他们所欣赏与认可的更多是与自己在名誉或者文字上对等的人。

有的时候我们不得不说，读者可能在文字方面的组织能力稍微欠缺，或者是因为他们选择更为有意义的事情，而暂时搁浅了创作，但是这绝对不能证明他们不及作家优秀。

圈里就有好友说，读者邀请我去他那里喝茶，我觉得没必要。一个小读者有什么前途。有的人会愿意与读者保持神秘感，希望他们不远不近看着自己的生活。读者也很喜欢看一些作者秀出来的生活，觉得禅意、唯美。但是似乎他们不敢近距离与读者接触，怕是被读者看穿，原来作者也不过如此。

我与读者的相处态度很真诚、谦卑。我在读者里发现了许多比我优秀，也可以说是我老师的人。

周漠就是其中最优秀的一个。70 年代末的女孩，走遍全球多个国家，经常南来北往飞去帮别人协调经济纠纷，自己又做着房地产开发的项目。

那夜，我们彻夜长谈才发现，我们应该珍惜每一位"潜藏"身边的阅读者，他们可能比我们想象的优秀、励志许多。

她问我是否愿意来桂林生活，没有游览漓江之前，我还会犹豫。但是游了漓江便对她说，漠，我要留在你身边，以后陪着你到老。

我们之间有一种情愫，超越了闺密，又不是恋人。她在我人生最低谷的时候一直陪着我、帮衬我、鼓励我。她告诉我，你有我，小宇有干妈。

如果说这个世界上有真情，我一定会相信那种危难时没有任何理由出现，并不离不弃的人。

有一位朋友曾写过一篇文章，标题大意是，人这辈子最大的贵人是自己。因为自己的善良与质朴才会有那些比我们更为善良的人来帮助。我相信这句话，大部分时候，一件好事的开端是我们自己许多事情的积累，我相信漠在我的微信里潜藏了一年多，决定出现必然是深思熟虑过的。

我记得那天写过一些文字，大致就是在我离婚时放弃了去法庭争夺房、车，只是无条件要了孩子的抚养权。亲戚朋友都说我是傻子，而一向帮别人打官司的漠却留言对我说，这就是你的人格魅力所在，你放得下，说明你有底气，能够重新拥有。

事实上，最初的时候，我带着孩子出门租房子。孩子很小，但是懂事。他说了一句话我记忆犹新，他说，妈妈，那个房子留给爸爸跟新妈妈住吧，我们重新找一个就好了。孩子不去恨这件事，我也不希望自己去恨。

即便我身边的朋友们最初都在说既然离婚了，就是陌生人，为什么不去拿回属于你的那部分呢？

属于？这个世界上有的东西看起来属于我们，到最后却去了别人手里，比如爱情，比如婚姻。有的东西看起来属于别人，却最后在我们手里，比如努力，比如成绩。

我与漠之所以能如此友好，大概也有一些原因是她告诉我说，用行动去做吧，别在意他人的眼光。总有一天那些背后说三道四的人，连你离婚这件事都能标榜成好事。人们对于失败者的箴言往往是持怀疑态度的，但对于成功者随口一句玩笑也是愿意当真的。

女人的一生应该有一个贴己的女人相伴。这个女人不仅懂你，爱你，还会毫无条件支持着你。你们在一起跨过千山万水，在夜空里相逢，把酒言欢，在柴米油盐里碰撞，卿卿我我。这样的人一生会遇到一次，也可能一生只有一个，遇到了便要珍惜，因为只有珍惜，只有真正地相信她的存在，这份情谊才能维持更久，这份爱才能超越男欢女爱。漠就是那个我想珍惜，并为之痴迷的女人。

你赴汤蹈火，也要问是否值得

近段时间的我，虽没有经历爱情，却好像轰轰烈烈爱了一场之后被人一脚踹了。

因为我看到了最贴己的闺密从热恋到失恋的全过程。热恋，我看到的当然是她的幸福，但并不能切身感受那份甜美。可是失恋，我一定能清晰地感觉到她的痛苦。每当夜幕降临，卧室里我的孩子即将入睡，闺密便摆出一副大火欲燃的架势。一个不会喝酒的女孩，一口气吹了8瓶啤酒，之后整个房间跟着她排山倒海。一个不会抽烟的女孩，一口气抽了一盒烟，之后入睡的孩子都被她呛醒了。那一刻，我对她的心疼，超过了我刚满两岁的孩子。

谁没有恋爱过，只是时间长短不同，过程深浅不一。或踹人，或被踹。如此看来，被踹的那个人一定是最痛苦的，因为她（他）会用很长时间问自己，我付出了那么多，为什么他（她）还会这么无情地走？

世界上爱情千千万万种，有人邂逅于某个酒吧，一见钟情；有人经介绍相知，日久生情。有人一开始只是想玩玩儿，结果玩大了，走不出来了。许多人或许连要不要去爱都没想，就一头扎进去了。世人万千，浮云莫求，不合适的就果断离开，果断放下。

　　乐嘉在《非诚勿扰》里说过一句话，越是秀才，越容易被妖精所惑。许多人自然而然想到了《聊斋》。简单来说，这就是一个低情商被高情商所玩弄的故事。别人用脑上床，你用情下不了床。

　　在没有听她聊这些之前，我不敢相信，这个世界上有的爱情真的是用大脑在谈。我们凡人难道不是用心灵支配大脑吗？

　　在爱情这场游戏里，无论你扮演低情商抑或高情商，无论你是精英还是凡人，你总有踹人或者被踹的时候。而此时，你或多或少都有一些难以承受的压抑。科学研究表明，培养一种习惯需要三个月，戒掉一种习惯则需要半年。爱情是一种习惯，爱对了人，这就是一种好习惯，请坚持下来。爱错了人，这就是一种坏习惯，要尽力改掉。

　　许多人说，我爱得太深了，我真的做不到分手，这太痛苦了。经历深爱、浅爱，踹人与被踹，我才发现，别人半年能戒掉的习惯，她需要一年。并不是她不想戒，而是不懂为什么要戒掉。

　　情商高的人，一般容易先提出分手。因为他能清楚地看到自己另一半的未来，而情商低的人，只能看到眼前，或停留在过去。她天真地以为过去这个人非常爱自己，只是暂时不爱了，如果更加努力，两个人就可以继续相爱。可此时她并不知，情商高的那个人并不只是不爱她了，而是对方看清楚了低情商的这个人未来与自己的差距、代沟，所以高情商只是提前扼杀了与低情商之间的互相折磨。

　　低情商，或者说戒不掉爱情的那一方会因此痛不欲生，求生不能，求死不舍得，于是，一醉方休。

　　如若身边有一个知己，能一眼望穿他们这段感情的未来，也会努力劝阻他们不再复合。一旦开启劝阻模式，知己便需要承担被踹者所有痛苦的情绪与涕泪。既要提防对方自残行为，又要鼓励对方快点走出来……

当看到整个房间已经被失恋的闺密侵略过一遍后，我彻底怒吼："你赴汤蹈火，也要问是否值得！好，现在你往前走一步是一秒钟的安慰，一辈子的折磨。你往后退一步是一秒钟的痛苦，辞旧迎新的幸福，你选哪一个？"

闺密说："我的理性肯定选后者。可是我支配不了我的心。我依旧会随心所欲地想起那个让我咬牙切齿的人，依旧会记得对方曾经送我回家，依旧会留恋那个人身上的气味，依旧会抱着一种自欺欺人的心理，等待他回头。"

可万一你抓来的替代品终于把那个人替代了，之后你们又因为在开启恋爱模式前彼此没有想清楚，再一次沦陷，是不是又要盲目地换人？

爱一个人像素描，认准了自己要画什么样的人，再努力去勾勒清楚。每个人的能力要与素描的难易程度相结合。我们只会画瓶瓶罐罐的时候，不要死撑着去画大卫。正如我们随心所欲、随遇而安时，就不要总想着钓一个高富帅。所有的付出与回报是成正比的。所以爱情来了要清楚是否应该接住；爱情走了，要考虑是目送还是挽留。

当我们认清楚了这个人不该留，接下来把伤痛交给时间，你只需要带着微薄的行李和强大的心，去你梦想的地方，与这段感情告别。

抱怨的人生没有掌声

　　一个五岁的孩子问妈妈："妈妈，你每天这样不停地唠叨我，是因为什么？"妈妈说："因为我供你吃，供你喝，你什么都不做，光知道捣乱。"

　　孩子说："那是不是你老了，我供你吃的时候，如果你什么都不做，我也应该每天不停地唠叨你呢？"

　　妈妈接着说："当然不行，我一把屎一把尿把你拉扯大，可不是为了你嫌弃我。"

　　孩子童言无忌又按照妈妈的逻辑回了一句："妈妈，等你老了，可能也会行动不便，我是不是也要一把屎一把尿地拉扯你？如果这样算下来，我们是对等的，你老了我也要照顾你。我小的时候你为什么却总是这么嫌弃我呢？"

　　妈妈的脸"唰"的一下红了。她想不到一个五岁的孩子会有这么多想法。于是她试探着继续问孩子："宝宝，你觉得妈妈都有什么缺点？告诉我，我不会打你的。"

　　孩子一听说缺点不会挨揍，就直言不讳地全部倒了出来："妈妈，你平时总是让我滚，可有一天我丢了，你真的会高兴吗？妈妈，你平时嫌我乱翻东西，可你没发现我因为翻东西学会了帮你拿药，帮你端水，帮你拿毛巾吗？你平时嫌我乱跑，可如果我一天只坐在沙发上，你不会担心我是傻瓜吗？妈妈，你为什么经常批评我之后，又想唱歌哄我开心，而且你唱的歌超级难听，为什么还要让我鼓掌？我觉得你那么爱抱怨，我不应该给你掌声……"

孩子说完，妈妈一气之下打了孩子一巴掌说："你这个熊孩子，原来我在你心里就是这样不堪呀！亏我每天这么辛苦地赚钱养你。"

孩子"哇"的一声哭了，他一边哭一边说："妈妈，你说过不打我，今天又打了。大人的世界怎么那么多谎言呀？"

没有谁会相信这是一个妈妈与孩子的对话。可许多人一定会从妈妈的话语里找到自己的影子。

生活每天碾压我们的性情，致使我们忙完工作就没有精力与孩子游戏。我们认为孩子是一个弱者，没有反击能力，也没有还击资格。所以从小到大我们不停地去抱怨、批评、指责，甚至打骂孩子。我们美其名曰：不打不成才，不骂不成长。可亲爱的父母，有多少孩子被父母刺耳的谩骂折磨得自杀、离家出走？有多少父母每天只盯着孩子的缺点不停地抱怨，而且还"可爱"地问一句，孩子你这么懒惰到底像谁？孩子你这么笨到底像谁？

看到新闻里那些丢失孩子的父母哭得肝肠寸断，再看看眼前喋喋不休嫌弃孩子的父母，作为这个孩子，可能真的羡慕那个被父母不小心弄丢的小孩！起码那个孩子可以让自己的父母大哭一场，懊悔不已。

试问我们真的不爱自己的孩子吗？他们说起话来的时候，眼睛一眨一眨像极了天使。

不，我们爱他们。我们只是从妈妈肚子里就开始胎教如何去指责、抱怨别人，如何抓住别人的错误、缺点不放。在我们自己的眼睛里孩子没有优点，自己的孩子永远没有别人的优秀。其实这种消极心态，都是我们的劣根性。我们可能感受不到，但是此刻我们已经潜移默化地将它像病毒一样传染给身边很多的人，致使我们语言交流不畅，彼此不懂，不理解。我们发出去的信息是爱，可我们得到的回应却是满满的互相伤害。

细细观察，我发现，很多年青一代的孩子已经遗传了父母的这些关于抱怨、喜欢指责亲人的坏习惯。在对待孩子、对待爱人的时候大人们满眼看到的都是错误，看到的都是缺点，致使自己的另一半感到厌烦，孩子早早逃离……

其实，在我们经常看到的励志书籍中会有"放过别人，就是在放过自己"的美言。人只有打开心灵那扇美丽的窗户，才能让阳光普照自己。

所以积极向上的心态与消极低沉的心态会换来不同的人生。每个人都是如此，幸福与不幸共同存在。幸运的是我把幸福分享给你，不幸的是，你把痛苦强加给我。所以感恩生命让我们繁花锦绣，生生不息。同时感激亲人一直陪伴，不离不弃。无论孩子身上有多少过错，我们试着去鼓励、去信任。我们投给他渴望期许的眼神，让孩子感受到自己的重要。

　　从现在开始把微笑的牙齿露给擦肩而过的每一个人。学着欣赏、赞美亲人；认可、理解同事；坦诚相待友人。抱怨的人生没有掌声，如果我们停止抱怨，爱的语言就会将我们包围。幸福还会离我们有多远？

一碗茶里的人生格调之初见平凹老师

多数人羡慕我出生在了这块建立过十三朝古都的长安城。我最初不以为然，因为从 18 岁成年后我就开始四处漂泊。

我喜欢像三毛一样自由自在地游荡，也因此早在 21 岁就义无反顾地借工作之名跑去非洲安哥拉居住过一年多。这一年多，我除了工作，闲暇时间就是读书、写作。

早前读平凹老师作品，是在各类文学刊物上，当然他是我们陕西人的骄傲。每当我出门去一些城市，人们一提到陕西，便会想到路遥，接着开始讲《平凡的世界》如何生动，感人。讲完又说可惜呀，这辈子我们是没机会见到路遥了。

在黯然失色中，又忽而喜出望外，你们陕西除了路遥，还有非常厉害的贾平凹先生。他的文章我们是从小读到老的。听到身边的人讲，从小读到老，我便会欣慰，原来我们陕西这么好，原来我能成为一个文字工作者，离不开这块土地的滋养。

在这块黄土地上，生活着三位非常德高望重的优秀作家。从已经离世的路遥、陈忠实老师到近期我才拜访过的贾平凹先生。三位老师，都在中国文坛有举足轻重的地位。

对平凹老师的喜欢，源于他的散文《丑石》。文中多次写到一些老师对石头的研究，又写着老师喝茶的方式。当然我最喜欢读的还是带有一些本土方言的文字，他在写到对女人的欣赏与审美时，有非常戏剧的描述。

之前在一本杂志读过贾平凹老师在科技大学的演讲文，更是期盼着能够早日见到他，喝一口他的大碗茶，听他讲讲地道的陕西话。

在此之前，我早已去过了他的旧居，位于商洛棣花镇，如今已经做了改造，成了参观、旅游的景区。那时如何也不会想到，有朝一日我是可以亲自拜访这位在我看来，可望而不可及的文坛巨匠的。

当天，我带了十多本老师的作品，因为身边太多朋友喜欢平凹老师的文章，心想，既然要见一次，就厚着脸皮去找他签一些书吧。

见面之前，我已经想了无数次开场白，也想过他如何拒绝签这么多的书，甚至想过了他坐在创作室如何不愿见到我……

晌午时间，王老师打完电话，平凹老师的房门打开了。时常在报纸见到的平凹老师，就赫然站在了我的眼前。他没有任何生疏感，接过我手里拎着的牛皮袋放进书房，就拿起了一个粗糙的茶壶进厨房了。

如果我不主动站起来去给茶壶添水，我是不会知道这个人人眼里的大作家，用着 20 世纪 70 年代的按压式饮水机，用着两个普普通通的大茶碗将茶水与茶叶一起倒进碗里。我也算见识了贾平凹老师的大碗茶了。

王海老师在介绍我的时候，特意提了我在非洲的经历，这又不经意引出了三毛女士。我以为贾老师会与我讲一讲三毛，然而他只是说，你们咸阳都出奇女子，接着他问，以后还会去非洲吗？我怯怯讲，这两年不去。

原本以为我这一次也只是有机会喝一次平凹老师的大碗茶，或者听他讲讲最自然、质朴的陕西话，可我并不曾想到，老师为了鼓励青年作家，特意为我的新书《你配得上更好的幸福》题字一句"愿每个心有繁花的姑娘都被命运善待，万水千山之行，终获幸福"。这是无比珍贵的祝愿，不仅是平凹老师对我的祝福，同时也是他对香红读者的祝愿。

写完，老师又主动站起来让我拿着新书《做自己的豪门》一起合影留念。

关中男人讲陕西方言有一种豪迈，坐在平凹老师茶桌拐角，一边给他斟茶，一边看他给我的朋友们签着有温度的字，那时用心潮澎湃形容再准确不过了。

我们眼里的文化人多半是清高的，我在送给平凹老师我的第二本散文集《做自己的豪门》中写了一句话，"原来真的可以见到您"。在家里为老师签书的时候，我写了三本，各有不同祝愿，但最后我选定了这本，是因为千万言语都难表达见到他的惊喜。那么就这么去写吧，我想懂它的人，自然知道我写的是什么，对吧？

这一次拜访，像是普通作者与读者见面一样，我们签书、合影；

不同之处是我没有在平凹老师开门的瞬间就滔滔不绝地去夸赞他的《废都》多么吸引人，多么震撼我，又或者他的散文读着多么耐人寻味。我也是作者，每天面对着无数喜欢我的读者，这些被认可与喜欢听多、听久也就习惯了。甚至最后大部分读者看起来都像一个人，用同一种方式相识，同一种开场交流，甚至同样的方式道别。

我选择了静静地听着他说话，听他一字一句地讲着工作，聊着文字，说着生活。这就是最美好的一个下午，一个比做梦都过瘾的下午。

与平凹老师相见，我看到了他内心的平和，你与我合影，寻我签名，与我闲谈都是普通人在与普通人说话，普通人在与普通人喝茶，这样的氛围，这样的姿态，让我感受到了真正的大家是回归自然的，是没有"身价"的，他们做到了只写作，只喝茶，只做自己，其他的与他们没关系，他们也不关注。

父亲，我这辈子最爱的男人

从小到大，我为父亲写过的文章，已经不下十篇。小时写好了，会给他念，蹩脚的普通话夹杂浓浓的陕西方言。

工作以后再写父亲，就比较内敛，不喜欢念了，直接把发表过的文章拿给他看，父亲自己会读，会感受我的爱。

我有很长一段时间对父亲有一些误解，一些不满，因为他变了，变得说话不中听，有时还会冲着我发脾气。我很少有机会见到他，从小到大都是。

当网络上流行一句"陪伴是最长情的告白"时，我想到了应该回乡下去陪陪我的父母，于是带着孩子，坐着长途巴士就回去了。父亲做了一辈子房屋建设者，从落后的小镇到如今繁华的县城，四处都有他用汗水与脚印踩踏过的地方，也都有他顶着烈日筑造起来的高楼。

我有一位朋友，也做建筑，认识他之前我一直觉得房屋建设者都是与家人聚少离多的。因为我与哥哥做了十多年的留守儿童，从渴望被关注、陪伴，呵护到慢慢独立、坚强。

我的这位朋友似乎并不是这样的父亲，他每过几天就要开车7小时去城市看望读书的孩子，不仅去看望，而且一定要接他们回家，再等周末结束，送他们去学校。

没有遇到这位朋友之前，我不知道什么是家庭温暖，但是他让我看到了房屋建设者应该有的幸福与和谐。

因为从小在家庭里缺席了父爱与母爱的陪伴，我过早地成了一个缺乏安全感的孩子。起初我对周围的人不容易信任，对陌生的环境充满惶恐，再后来我13岁一个人进城读书，坐很久的长途汽车，在崎岖的山路上，望着山外的世界。

我对父亲的记忆，从小时候骑着摩托车的背影，渐渐到坐着大巴车挥手目送，再到看着他的奥迪车扬长而去……我们这一对父女，用尽半生短暂欢聚，再相送。

我曾与别人开玩笑说，我与父亲共进晚餐的时间屈指可数。即便有时我在乡下，他也都是忙到饭后才回来，又或者本身他在家里看电视、休息，忽然一个电话他就要离开很久才回来。父亲在做什么，与什么人在一起，我不得而知，然而父亲留给我的就是忙碌的背影，这忙碌让后来的我从来没有一天愿意停下脚步休息。

虽说我是一个女孩，但有很多地方我像极了父亲，性格、品质、思想，甚至样貌。因为太像的缘故，我总觉得自己在走父亲走过的老路。他在18岁失去自己的父亲后，独自挑起养活五口之家的大梁。

我对父亲最大的爱，就是渴望被爱。我曾与朋友闲谈，发现我们80后这一代人集体缺少一种叫作60后吻的爱。

没有太多60后的父母每天会亲吻孩子的额头，会抚摩孩子的头发去说：宝贝，我爱你，你是我的最爱，也没有人会对孩子说：孩子，你是这个世界上最棒的，我永远相信你！

我们听到的是：不准欺负妹妹！要听奶奶的话！不准抢零食！要懂规矩！我回来的时候给你买衣服……

忘记那是几岁的时候，一天夜里一双熟悉的手将我抚摸着醒来，我睁开蒙眬的眼睛，是妈妈。她对我说：我给你买了新衣服，明天你记得穿。我点点头，继续睡觉。

天亮的时候我还不想起床，可一想到妈妈回来了，我就马上爬起来，穿上布鞋就往他们房间跑；但是我打开屋门的时候，房间的土炕上，被子叠得整整齐齐，停在院落的摩托车已经不见了踪影。

那么冷的天，父亲半夜骑着摩托车带着母亲回来给我与哥哥放下书包、衣服、零食，给奶奶留一些生活费，然后在工地开工之前就走了。

小时候喜欢听摩托车的声音，每天晚上都会等，记得父亲开的是"南方125"的牌子，这个牌子的摩托车声音不洪亮，也不刺耳。村子里有几家都有摩托车，但是各个牌子不同，声音也不一样。父亲的摩托车声音最好听，一下子就能辨别出来。

我每天晚上八点钟写完作业就会关灯睡觉，其实睡不着，眼睛望着窗外开始等摩托车的声音。有时候盼一周，有时盼一个月，总之每当那个声音从远及近，直到摩托车的前灯照亮了院落，折射的光打进我与奶奶的房间后，我们都会迅速喜出望外地爬起来。奶奶会披上衣服，走到院落问爸爸，你吃饭了吗？要给你做点吃的吗？

或许爸爸没有吃，又或者吃了，总之他没有麻烦过奶奶去烧火做饭，都是停好摩托车，将带回来的东西跟一些钱交给奶奶，就回房间睡觉。而我每天在橘黄色的灯泡下隐约看到他的身影，等第二天上学时，他又已经走了。

村子里的人都说我与哥哥最幸福，因为我们家境最好，也是整个村庄第一户盖楼房的人。但是越长大，我越觉得自己不幸福，特别是自己有了孩子后，我开始去思考，为什么我可以为了孩子舍弃许多，陪伴他，呵护他，拥抱他，给他讲故事，带他去不同的地方玩。而父亲唯一带我去过的地方，就是离家很远的一家临县的新华书店。

我的生命因为某一些东西长期的缺席，而像一张拼图丢失了一块，这种丢失弥补不了。但是这种缺失也锻炼了我，培养了我，甚至造就了我。

我在非洲时，同寝室的女孩有一夜悄悄抹泪，我问她为何，她讲想家里人了。我说还好，我习惯了，感觉不到太多，只是怕他们太想我。

我记得很小的时候，每次我都会对母亲说，我最爱的人是爸爸，因为爸爸每次回到家里都会跟我讲很多有趣的、新鲜的事。而妈妈话语不多，有时你与她分享学校好玩的事情，她半天都不会做出回应，久而久之，我就不喜欢与她讲了。

但2008年汶川地震的时候，我在甘肃平凉工作。当我在城市的大街遥望着对面的山体崩塌，看着街道上的路灯摇晃不止时，我以为世界末日来了，因为此前我们这一代人还没有经历过所谓的地震。

地震过后，所有人都惶恐不安，开始举起手机找信号，打电话。我迅速走到了离得最近的电话亭，拿起电话就奔着妈妈的号码打去，我并不知道震中在哪里，也不知道西安是否地震，那个时候我唯一的信念就是打电话告诉她，妈妈，我没事，我很安全。

从那以后我又对母亲说，其实我可能爱你更多，因为在最危险的时候，我第一个想到的是你。

母亲依旧不说什么，她的一生把爱藏得太深，大部分时候都用絮叨与责骂与我交流。我不喜欢母亲的生活方式，但是亲情与众多情感不同。有些情感，当我们觉得不够匹配的时候，会选择放弃。而唯独亲情，这一生一世我们会用最大的爱去包容。

从读书到工作，父亲的忙碌从没有停止。我也因此习惯了打电话给妈妈，而不去打扰父亲工作，即便偶尔我打给父亲，他也只是匆匆地说：有事吗？没事我还在忙！

所以提起父亲，我第一个脑补的画面就是一个行色匆匆的背影。有一段时间我努力说服他，想他挤出时间来开车带我们去郊区闲转。父亲总算抽开身了，但是他一路上都在接电话，工地大大小小的事情，那些人都想问他。

再到后来，我对父亲的爱，就成了一种理想。就是好好努力成就自己，直到有一天我赚的钱足够他去花，足够他陪着我，不用再离开。

这些年，因为对文学的喜欢，一直在众多不理解的声音中坚持。这种坚持，在写作短时期让多数人看不到"前途"，大家都忙着追赶更丰富的物质生活，没有人愿意在原地炖一份许久后才能滋补的汤。然而我始终忘记不了父亲在儿时对我的鼓励，忘记不了他牵着我的手，带我去买作文书的情景。我忘记不了他拿着我的作文本，夸我写得好，给我点赞。我忘记不了他订了报纸，让我阅读。

只是生活过于疲惫，他早已忘记了为我种下过"文学梦"，他早已不再希望我依靠文学养活一家人。可是，我并不后悔今生将生命奉献给了文字，也不后悔被父亲用这样的方式爱过。

每一个人生命的底色都不同，但是大家都是一张需要被填满色彩的纸张，那些过去缺失的颜色，后来要努力为自己画上去，只有这样，我们的生命才会五彩斑斓，才能绽放更加夺目的光彩。

第四章

书　评

蕙质兰心的女子

李亚梅

工作后做的第一期专栏，我请了作家李菁做我的专题嘉宾，后来在她的介绍下，我认识了作家沉香红，那时，我们还没见过面，她去了成都小住。微信聊天时，她给我讲她的发现，讲过一个可以租衣服的店，她开心地租到衣服还拍照给我看，照片中的她笑得很灿烂，有着孩童般的天真。

年后的一天，我们才见了面，相约在音乐吧。她讲得不太多，我们主要在听歌。虽然只是初次见面，沉默的时候并不会觉得尴尬，也不需要特意找一些话题来增进彼此感情。

那段时间，我刚重读过三毛的《撒哈拉的故事》，我尤其佩服她在沙漠里，物资极其匮乏中依旧能将生活过得有滋有味。

因了三毛，我开始读解这个被媒体誉为"陕西三毛"的姑娘。她在《安哥拉，你曾锻炼了我》文中讲她在非洲生活的故事，看她在文中写道："有朋友问我是否后悔去非洲，我说，非洲这盏苦难的灯塔为我人生照亮了方向。经历过这一切，我更加愿意在写作这条孤独的路上，默默地走下去。因为我知道，这一切我所拥有的，是非洲人民十年二十年后可能还在努力的。"我很相信，要走近一个人，就去看看她的文字。从沉香红的文字里，我看出了她的坚韧、对生活充满感恩与不言放弃。

2017 年第 3 期的《女友校园》杂志的专题嘉宾，我请了她。我想把她的故事分享给我的读者们，希望更多的人学会她这种乐观生活的态度。过去有读者读完她的文章留言如是：心有猛虎，细嗅蔷薇。而这一次我读了《你配得上更好的幸福》书稿后，便想送她蕙质兰心这个成语。因为当我绞尽脑汁想形容她的时候，发现只有这个词才能表达我对她的感觉。

香红的文章是心灵鸡汤，但又不只是鸡汤。她讲，自己将复杂的哲理用一个个朴实、感人的故事娓娓道来，这样的方式会让每一个喜欢阅读的人通过生动的故事、清晰的画面，鼓舞与感染大家。

在这本书里写到了马斯诺的五个层次需求，以人们的层次需求来分解幸福等级，并且让渴望幸福、却处于迷茫期的人们正确认知自己，选择自己需要的幸福方式。

书中写了《幸福是一种感知力》：非洲人那么贫穷，那么落后，他们为什么可以每天快乐，无忧无虑？过去我以为那是他们有信仰。可今天我懂了，他们只是有很强的感知力。

对阳光微笑，对大海微笑，对赐予他们篝火的上帝微笑，对大自然馈赠给我们的所有美好感到幸福，那么身边的那些不幸，也只是小小的不幸，是可以被克服与忽略的不幸，那么我们依旧是一个幸福的人，或者说，有能力获取幸福的人，对吗？

又写了《如何与这个世界相处》：父亲教我做人不能有"架子"

不能因为稍有名气，就变得浮躁；不能因为读书，就非得清高。这么多年，读者对我最多的评价是接地气，也大概如此，我的文字像地里的庄稼一样憨实，不华丽，不娇气，默默扎根土地，滋养多数人的心灵。这一切源自于我的父亲，他教会了我与这个世界和谐相处。

《你配得上更好的幸福》这本书不仅有唯美、温暖、励志的故事，每一个故事都隐含着一个深刻的哲学观点，只要大家细细品读，那些生活里被我们忽略的细节，一定会如约而至。

香红的文字与她的人一样，简单、纯粹，她有着多数女孩少有的韧劲，也有着多数人已经放弃的梦想。她每天面对着阳光，拥有低姿态的幸福。照顾孩子，写作，在互联网教书。每天在忙碌里释放者自己的青春朝气，以及人格魅力。

倘若评论她的文字，我不好下笔，但是如果评论香红的人，那一定是最美四个字：蕙质兰心。因为这样经历过苦难，感受过生离死别的女孩倍加珍惜身边每一位真诚的朋友，也一直在努力帮助着每一个人。

香红新书即将出版，祝贺她，愿这样善良的姑娘，最终能被岁月温柔以待。

沉香红

——一个有梦想追求的作家

陈益发

她是一位非常年轻漂亮的青年作家，曾被媒体誉为"陕西三毛"，她参加过中国在安哥拉修建最长的本格拉铁路的建设任务，她的名字叫沉香红。

香红和我是一个单位的同事，但从未谋面，知道她是以后的事。

2014年那个夏天，她托人送我一本她出版的散文集《苍凉了绿》，书的装帧很干净、素雅，一看就是女孩子喜欢的那种。

我知道香红可能听说我也喜欢写点文字，就把这本心爱的书送我阅读。那天正好清闲，我是一口气浏览完她的书的。不看不知道，一看非常吃惊，女孩子的理想追求、思维悦动、心中秘事跃然纸上，竟写得舒缓而干净、自然而流畅；他人的故事娓娓道来，入情入理，如影随形，身临其境。

一本书，让一个激情的年轻人的形象活脱出来，正如她说"累了，就卸下盔甲，带着能够记录的一切出发"，"很多时候路上的生活，才是真正的自我。活着，就是一种修行"。

　　看得出，她是一个对生活对文字有梦想的作家，这在《心像盐巴一样咸》《今生三世》《流年不能流》《一条艰辛的路》里都有流露。我常想，文字无不映现人们生存的轨迹，或是心灵的秘史。一个人的生存历程，总会自然而然地在笔端书写。

　　她更是一个有所追求的作家。今年秋末收到了她的《做自己的豪门》，书封大气端庄、厚重靓丽；书内有一些彩照插页，尽显富贵气象。这本书只有两部分内容，"梦想"和"情感"，但对社会人生思考广泛而深刻，把作为作家的沉香红的生命追求完全倾注其中。阅读之余，非常欣喜，终于和她本人联系上。这才得知，她就住单位附近，咫尺之地，却也让我在文字中读出她浪迹天涯的遥远来。因而笑叹，人生知之有涯也无涯，似乎是个常理。

　　两本书读罢，我就想，作为同事的沉香红曾浪迹于筑路大地，四海为家，她把自己安顿于一隅，奉献的是力量和汗水；作为作家的沉香红，她曾在浪迹天涯途中，深刻观察和思考社会人生，尤其在自己的生活遭际面前体现了一个80后超越的认知历程，体现的是聪慧和睿智。两者的结合，形成一个完全而真实的生活中有梦想有追求的年轻一代的形象。她的努力是刻苦的，她的思想是积极的，她的精神是阳光向上的。她的励志的文字，是一个真实的自己的立体写照。

　　及至见到沉香红本人，一番聊叙更加让我打心底敬佩她待人的真诚和不懈努力的精神。香红从农村走来，一步一个脚印，努力学习并参加工作，在工程单位自最底层材料保管员干起，开过叉车，在安哥拉施工现场干过繁重的材料转运工作。这个经历，多少让我吃惊，她一个瘦弱的女子，那段时间肯定是极其艰辛的。

也许我和香红都在工程单位干过，有过类似的经历和体会，不免对命运的沉浮产生敬畏和感恩。也许正因为上天的安排，她的经历才磨砺出她达观的生活态度。她的文字是那么通透，她的语言那么灵气，她的思想那么哲思，她的精神那么阔野。

我很好奇沉香红笔名的来历，一次在微信上，她告诉我说："沉，是警醒，让自己沉淀、积累；香，暗指读书；红，就是功到自然成。所以，沉香红的意思，就是功到自然成。"她常说人活着不能白白浪费时间，所以她的时间一心一意用在阅读、写作、教学上。即便出门旅行，也是开阔视野和学习的过程。她是一个全身心用热情执着写作的人。

她的热情来自小时候的文字梦想。她的执着体现在愈挫愈奋的精神追求。短短两年时间，她就为上千学员授课，并不断开拓网络新思路。我见到她时，曾半开玩笑说，你这女子胆子大、脑子灵、有恒心、有成果。而事实已经证明她所有的努力都没白费，目标明确，成效显著。

我无意评判香红文字功底，因为她众多的粉丝足以证明那些文章的吸引力。我想更多地说明一个人的潜能是巨大的，不仅要有千里马的慧眼，关键在于自身的挖掘。也许香红去非洲安哥拉工作是一个契机，也许源于她从小对作家三毛文字的钟情，也许冥冥中苦难的生活不断留下更多的启示。她在面对生活的诸多不幸时没有选择沉沦，而是选择了自警自励自策。不用扬鞭自奋蹄的刻苦，让她在一次次的失败与奋进中得以自拔，她醉饮孤独与无助，如夏风一样的轻盈身姿从人群中走过，不落下印痕，而让黑夜的思绪孕育星光般的文字米粒，喂养精神肌肉，支撑起一个强大的能量体，给予他人学识，并馈赠自己。

　　我还想说的是，在这个物质丰富精神极度浮躁的时代，一个人能沉下身子，用文字喂养自己，充盈身心，为他人送去温暖，是多么不容易的事情。这不但需要勇气，还需要自信。两年来香红一直在勤奋授课，她把自己十多年的创作经验融入其中，赠人以玫瑰。她欣喜每一位学员的进步，并不断鼓励他们像自己一样成长。她通过微信、微博、私人电台、读书分享会、读者见面会广泛与外接联系、沟通和交流。她是白昼里勤奋的蜜蜂，深夜里嘹亮的夜莺。

　　香红的靓丽体现在她的执着和沉潜。每一篇文字的背后，她都倾注了对文字热烈的眷恋之情。兼收并蓄的能力，让她更多地在阅读与写作，思考与教学的过程中咀嚼和反刍生活的甘苦，并赋予冷静思索，凝练成华章，因此，她文章精彩的光芒自然绽放，性灵之气溢于言表。她为人谦和，体贴入微，让每一位与她交往的人舒心而舒坦。那天，我与她聊起年轻时喜欢作家三毛时，没想到，几天后她便托人从北京购到一套《三毛全集》赠我。初冬微寒一天，我收到书时不知说啥是好，只感到心像阳光一样温暖。

回到二十多年前，我也是二十多岁的年轻人。那时候浪迹广东岭南山间筑路，工余收音机里最爱听齐豫唱的《橄榄树》，三毛的心声，就这样根植于命运的漂泊。而今天，"陕西三毛"沉香红在用文字"做自己的豪门"的时候，我们就不难理解一个作家的心路历程是多么潇洒和坚强，她是用三毛一样的果敢和奔放在搭建自己人生的豪门，这样的人生，能不令人感动吗？

我衷心地祝福香红在写作之路上越走越远。因为沙漠的尽头，总有一片幸福的绿洲……

一边付出，一边收获

沾　涵

　　一位刚认识的编辑朋友说，有相同气息的人总会遇在一起。

　　非常赞同她的说法。生活中，不管是亲情、友情，还是爱情，最接近我们心灵的，永远是那些不知不觉一起同行的身影。

　　人与人之间，心与心之间，这样默契的相遇，也许有时候是不合时宜的。可是，不管是不是会碰撞出动人的故事来，都能让一颗颗孤独的灵魂感觉幸运和幸福。

　　是的。我一直认为，每一颗心灵，都是一个孤独的小宇宙。连接这些小宇宙的，是现实生活中的各种感情。

　　前天，在图书馆借书时，突然看到了沉香红著的《做自己的豪门》。心底里，绽放出暖暖的彤红的喜悦来，如同许久以前种下的一株绿色植物，在这一刻开出了熟悉的花朵。

　　为什么这么说呢？

　　因为作者沉香红，与我之间，只隔着一个手机屏幕的距离——她是我的朋友圈好友之一。

　　我加香红为微信好友，大概不足一个月时间。加她是看到作家李菁在朋友圈里转发她的文字，我的心，与她的文字一起跳动过，才做的决定。

在我看来，加一个陌生人的微信，是非常唐突的一件事情。不知道她会不会这样想。于是，我和她说明了情况，得到了她的应允，才安安心心地留在了她的朋友圈里。

我知道一个作家的时间是非常宝贵的。所以从来都是静静地待在那里，不敢发出任何声响。

在这近一个月的时间里，我关注了她的微信平台，阅读了她所写的大量文字。

通过她的文字，我大概了解了她这些年所走的路，一条是现实生活的考验，一条是精神世界的延伸。

现实生活是漫长而残酷的。年幼时，她做了留守儿童，因为学习成绩不理想，朋友的父母不允许孩子和她一起玩；她高考失败，一度感觉人生灰暗；虽然进入了大企业，有了稳定工作，也是与钢筋、水泥打交道的更适合男人干的粗活儿；前几年，不顾家人反对，赴非洲工作，在那个战后不久的国家管过仓库，开过叉车，被非洲的疯猴子抓过，被毒蜘蛛咬过，被黑人劳务集体堵在宿舍门口骂过……经历了常人不能忍受的艰辛。

精神世界却在成长中丰满。上学的时候，她就喜欢阅读和写作，为了买一本书，爸爸带她跑了很远的路，来回花了一整天的时间，她体会到了什么叫幸福；作品发表在校刊上，得到了爸爸的表扬，心里有了小小的成就感；在非洲的艰苦环境里，坚持写作，出版了人生的处女作《苍凉了绿》；接着，结婚，生子，停薪留职，一边带孩子一边写作，出版了第二本书《做自己的豪门》；随着读者越来越多，接下来，她的第三本书《你配得上更好的幸福》即将出版。

原来，每一捧春天里流溢的鲜艳色彩，都要经受严冬的摧残与考验！

如果，我是说如果，如果没有现实生活中的一路攀爬，她这朵行走在梦想之旅上的美女作家，能不能写出今天这样的动人文字呢？如果没有一路的书写作为美好的精神家园，她能不能经受得住现实生活对她的严峻考验呢？

很想说，每一颗喜爱文字的心灵，都经历了怀抱沙子，拥泪成珠的过程。这个过程，便是一边付出，一边收获！

看到她在朋友圈里晒娃，晒给娃做的饭菜，晒心情感悟及对人生的一些理解与感悟，我便能想象出她独自带着三岁小儿与生活搏斗的一桩桩，一幕幕。

我的心，不自觉地向她靠拢，再靠拢；被她感动，再感动；被她柔软，再柔软……

这所有的感触，都来自于我的切身体验。因为，我是一个二胎妈妈，小宝只有两周岁。

我也是一个和她一样心怀梦想的写字女子。

每当我看书时，想摘抄几句优美的文字，小宝会在旁边拉着我写字的手求抱抱；每当我有一点思路想成行成句时，小宝会趴在我的肩头拼命拽我的长头发；每当夜幕来临，与宝爸一起安顿好大宝和小宝，好不容易坐在电脑前安静下来，调整好状态时，时钟已指向即将到来的新的一天……

我们有了共同的爱好，相同的处境，似乎有了一个相同的世界，一盏共同跳跃的灯火。这盏无形的灯火，连接着西安和上海，也连接着两颗身为人母不安分的追梦之心。

我们之间，不需要任何语言，就已经深深懂得，每一篇文章诞生之前，那束曾经为这篇文章跳动的灵感，有多微弱，就有多坚定。

那么，有人肯定会说，既然这么艰辛，为什么还要坚持呢？是不是脑子有问题呀？

香红在《我还顾不上爱自己》里的答案是：这就是我的生活，看着杂乱无章，甚至令人厌烦。可再烦琐复杂也似乎不影响我把碎片化的时间拼凑成一张完整的梦想图。点滴光阴都是金，一寸一寸生长在我们的青春里。如若珍惜了，它便生出幽蓝的花；如若挥霍了，它在青春这幅画卷中就只有留白。

是的。人生途中，如果只图单一的步伐，单调的节拍，不去创造，不去发现，不去付出和收获，你将会错过一些别样的风景，也将会错过一种别样的人生。

我从图书馆借回香红的《做自己的豪门》，拍了照片，迫不及待地告诉她："我在上海的图书馆里，看到了你的书与雪小禅和林清玄的书放在同一排。这可是一个不小的面向社会的图书馆哦。祝贺你！"

　　我还告诉她："在我看来，能被图书馆收藏的书，都是能达到一定水准的，你非常了不起！"

　　是的，在图书馆看到她的书，我非常激动，只想把这个好消息告诉她，告诉这个一路行走、一路歌唱的孩儿妈。

　　我要鼓励她，也要珍惜她，更要感谢她。

　　然后，打开她的书，读着，读着，我情不自禁地流下眼泪来。

　　我发现她的文字，很适合一颗颗独立行走在梦想夜空中的星星，我似乎看到，每一颗星星，都能努力发出照亮自己理想的光亮。

　　于是，我非常感动地买了她的作品，珍藏，和送给我最亲密的朋友们。

遇见生命的"雕刻师"

王兆江

"不积跬步，无以至千里；不积小流，无以成江海。"

香红被媒体誉为"陕西三毛"，我更觉得她像古代的"花木兰"。花木兰替父从军，而香红却在花样年华之际放下国内优越的办公环境，不顾父母及朋友的劝阻，执意要去非洲安哥拉那个才结束八年战乱，蚊虫、疟疾、霍乱肆意侵体的地方工作、学习。

都说文如其人，《苍凉了绿》是香红第一部作品，也是她在非洲安哥拉那个条件极其艰苦的环境下，所种植下的一棵"希望之树"。而《做自己的豪门》则是这棵希望之树已长大开花结果，但即将出版的第三本书《你配得上更好的幸福》将是香红收获的整片森林。就如沈嘉柯老师所说："沉香红的文字，比她的笔名更大气，简洁，富有生命力。"

因平日工作忙碌，疏于对孩子写作兴趣培养，临近初三，却发现孩子作文一直不太理想，很担心孩子的作文太差，影响中考，后经好友作家李菁介绍，我才有幸结识香红老师。

起初我对互联网教学存有质疑，因为首先，它没有真实的老师在学生面前通过声音传播知识；其次，也不知道这样的网络授课方式孩子是否有兴趣。

香红知道我的顾虑后，决定让孩子先试听后，再决定是否继续上课。孩子性格活泼开朗，但自控能力差。最初我有些担心网络授课，孩子是否能进入学习状态，而且会不会一边听课一边玩游戏呢？在香红老师的建议下，让孩子独自在自己的房间听课。但是我还是不放心，有时候会找借口进去，偷偷看看他有没有在听课。令我感到意外的是，感觉儿子从来没有这么认真过，一副专心致志的样子，两节课后，儿子开心地说："这个老师授课方式新颖、内容通俗易懂，声音甜美，完全激发了我的写作兴趣。"就这样，孩子成了香红的学生，我们却在交流孩子的学习中，慢慢地成为了好朋友。

香红有着超越普通人的韧劲，她对文学创作的执着打动了许多人。冰冻三尺非一日之寒。也大概是从小学喜欢写作到如今出版第三本作品，这十八年不间断的经验积累使香红在互联网写作教学这片天地如鱼得水，

儿子之前话语不多，至少不愿意将学校发生的事情与我们分享，但自从听香红课程以后，他会不由自主地主动跟我们分享学校的见闻，以及最近的学习计划。孩子说，原来学写作，不只是能提高作文分数，同时也能让我们管理生活、规划时间。

是的，写作能力有一部分是在锻炼孩子的逻辑思维，以及培养孩子们对世间万物产生真、善、美的情感。只有将自己置身其中，用心体会自然馈赠于我们的一切，人才能对他人、对事物有

所感知。

开始上课之前，香红老师布置了一篇作文给孩子，让他去写，两个月之后她再一次将孩子的作业转发给我。这之间短短几节课，让我感觉到儿子写作水平突飞猛进的变化。

香红说："每个人都是一块璞玉，之所以一些人一直在写作，却停滞不前，不是因为他们没有天赋，而是还没有找到最适合他们的雕刻方式。"经过不到一年的学习与交流，我真切感受到香红对文学孜孜不倦的追求。这份执着不仅成就了她的文学梦，更是让她对生活充满激情与热爱。

"胸藏文墨怀若谷，腹有诗书气自华。"香红在自己最美的年华，不顾家人反对，义无反顾去了非洲安哥拉工作，体验与记录着非洲人民的真实生活。白天努力工作，晚上裹萤映雪，随月读书码字。

一分耕耘，一分收获。在这个人间最美五月，香红老师的第三本新书《你配得上更好的幸福》即将盛情绽放。

众所周知，她不仅是一个读者喜爱的青年作家，也是三岁孩子的母亲。在她的微信圈里，既能看到她与孩子在一起的点点滴滴，又能看到她的油盐柴米酱醋茶，琴棋书画诗酒花。

她在《别贪恋手心向上的幸福》里写道：有时候我们以为只有女人很脆弱，需要关心，其实一个风雨兼程的男人，有时候更需要一个看似温柔，却聪明伶俐的女人陪伴、照顾。

真正的生活强者，是来自你对自己的信心，是你在成长的路上一次一次实现自己的目标，而真正的成就感，在于你的内心深处的那份笃定，命运永远掌握在自己手里，真正的对手永远都只是你自己。

在《用自己的方式，为生活发光》里写道：过去，我会提倡人们追梦，也会觉得没有梦想，或者不敢追梦的人老了都会后悔。可是那些一生都在为社会奉献的人让我们明白，有的人这辈子可能没有机会追求梦想，但是他们却像萤火虫一样，用自己的方式，为生活发光。

她在《我是一个吃过苦的人》中写道：我对苦的理解是对心智的"磨炼"，以及对生活态度的锤炼，到最后是对文学作品的一个扎实的积淀。

用灵魂书写人生的香红，她有着对哲学更深一层的思考，有着对梦想的不舍追求，又有着对生命的敬畏。读她的文字，会让你有一种"尺幅千里，如沐春风"的感觉，又有一种"曲径通幽处，禅房花木深"的意境。

后　记

　　时光中，总有些文字，能让我们久坐窗前，读它千遍不厌倦，总有些音乐，能让我们不停循环，从黑夜到天明。总有些感人的故事，浸湿面颊。第三本书，也终于从黎明曙光到来之后，在一轮圆月升起之前，与我道别。

　　半年时间，我翻阅大量与幸福有关的书籍，期间又不停游走在不同城市之间，去感受每一座城市的温度。我也经常与读者交流自己的情感。《你配得上更好的幸福》终于要代替我去与每一位读者见面了。

　　流年给了我很多记忆，生活给了我许多素材，感恩生命里每一次相逢和每一位对我文字有过欢喜与期许的朋友。

　　从写第一本书开始，陈清贫老师、许岗老师就一直在对我的文字做指导，后来认识陈益发老师、凌翔老师，到后来认识的李论老师，他们鼓励我、支持我，成了文学路上为我点亮灯塔的人。

　　前不久，好友周漠邀请我去桂林采风写生，游历了被赞誉为"百里画廊"的漓江。两岸山林秀丽，江水波光粼粼，我与漓江融为一体，我中有它，它亦有我。这一生要有多少次出发才能到达终点，要偶遇多少风景才能将你遇见。

临近交稿，邀请了几位老师以及好友为新书写书评。先是将书稿私信给他们，接着便开始耐心等候。

与王兆江先生相识是经好友李菁介绍，真正成为朋友，是他给孩子报我的写作培训班以后，因为孩子的写作，我们会经常交流。后来发现他偶尔也会写一点随笔，虽然简短，但意境很美，这次我要他给我的新书写书评，他笑着说："我能行吗？"我坚定地说，一定行的。

我以为他忙于工作，忘记我托付的事情。可是凌晨三点时，我还在继续写作，他发来书评，我读了后发现，虽然平时我们交流甚少，可他通过文字早已对我有些了解。

由于他没有养成使用电脑的习惯，只能在手机备忘录去写，结果他将自己辛辛苦苦码出来的两千多字，在复制粘贴的过程中，不小心丢失。这下他肯定会非常失落，一定没心思再重写了。

意外的是，几天后的一个夜晚，手机微信再次响起，我未曾多想，直到第二日清晨打开一看，瞬间被他诗意又饱满的文字打动。

王先生平时忙碌，我的一句托付如此重视，竟然能两次挤出时间在深夜完成。感动之余，有一些自责。愿王先生能够通过这些肺腑之言，感受到我的诚意与感激。

这些年来，我付出了很多，也收获了不少。事业、友情、亲情。我所有的美好时光都挥洒在写作的路上，每天都在做同样的事情，开心的时候会笑，伤心的时候会哭，无助的时候也想过放弃。但是最终都还是坚持下来了，因为这条孤独而艰辛的文学之路，有了你们鼓励与支持，再苦再累，我都无所畏惧，哪怕是一路荆棘，我也要让它变得十里春风，繁花似锦。